Eugène Ionesco

Victimes du devoir
and Une Victime du devoir

Edited by Vera Lee, *Boston College*

Illustrated by the author

Houghton Mifflin Company   Boston
Atlanta   Dallas   Geneva, Illinois   Hopewell, New Jersey   Palo Alto

contents

* The one-act play has been divided into five parts by the editor for classroom use.

EUGÈNE IONESCO

pour

VERA LEE

Chère Vera Lee,

S'il n'est pas trop tard, je peux répondre à la première de vos questions, — brièvement. Je suis très fatigué.

1) Le sort d'un écrivain de théâtre au 20ᵉ siècle n'est guère différent, en France, de celui d'un écrivain du 19ᵉ siècle. Il est très différent de celui d'un écrivain du 18ᵉ siècle. Je crois qu'au 21ᵉ siècle ce sera encore autre chose. Je ne puis rien dire de précis sur la situation d'un écrivain de théâtre au 22ᵉ siècle, — car a) qui sera écrivain ?

b) où en sera le théâtre ?

c) quelles seront ~~les~~ les situations en général ?

d) y aura-t-il un 22ᵉ siècle ?

à partir
C'est ~~des~~ des réponses à ces quatre questions,

qu'on peut donner une réponse de synthèse générale.

× ×
×

Oui, le point de vue du théâtre documentaire a été vaincu par mon théâtre, exactement hier soir, à 19 heures 33 minutes 12 ~~secondes~~ secondes , G. M. T.

Excusez ces plaisanteries. Je suis très fatigué.

Chère Vera Lee, je vous remercie sincèrement. Répondez-moi.

Eugène Ionesco

Chère Vera Lee,
S'il n'est pas trop tard, je peux répondre à la première de vos
questions,—brièvement. Je suis très fatigué.

1) Le sort d'un écrivain de théâtre au 20e siècle n'est guère
différent, en France, de celui d'un écrivain du 19e siècle. Il est
très différent de celui d'un écrivain du 18e siècle. Je crois qu'au
21e siècle ce sera encore autre chose. Je ne puis rien dire de
précis sur la situation d'un écrivain de théâtre au 22e siècle,
—car
a/ qui sera écrivain?
b/ où en sera le théâtre?
c/ quelles seront les situations en général?
d/ Y aura-t-il un 22e siècle?

C'est à partir des réponses à ces quatre questions, que l'on peut
donner une réponse de synthèse générale.

. . .

Oui, le point de vue du théâtre documentaire a été vaincu par
mon théâtre, exactement hier soir, à 19 heures, 33 minutes,
12 secondes, G.M.T.

Excusez ces plaisanteries. Je suis très fatigué.

Chère Vera Lee, je vous remercie sincèrement. Répondez-moi.
Eugène Ionesco

Who is Eugène Ionesco?

"All this is full of contradictions," carps Madeleine in *Victimes du devoir,* as a fumbling Choubert wanders about on the stage, trying to express his feelings—and Madeleine is utterly right. She could have said the very same thing about the author of the play, for Eugène Ionesco is, indeed, a man of many contradictions.

Lucid, as quick as Voltaire to debunk the ideologies of his day, he is at the same time a man who lives largely in a dream world and mystifies us in his works through ambiguous symbols.

He is a perpetual rebel who mercilessly parodies petit bourgeois conformism. Yet his avant-garde theater, a source of controversy since the 1950's, has been labelled "bourgeois theater" by "committed" intellectuals of the French left.*

He is an anti-Establishment writer, who sought, nonetheless, and in 1970 received the highest prize of the French Establishment: election to membership in the illustrious Académie Française.

He finds domesticity boring, oppressing, all consuming, and many of his plays illustrate these sentiments. But he discovers in the very boredom of the married state a strong shield against fear, and he considers his own marriage one of the richest and most meaningful parts of his life.

He is a sweet and gentle man who cannot bear to make people suffer or to think of them suffering. He can, however, be quite intolerant of his enemies and he has been known to fly into violent Rumanian rages.

* Ionesco usually retorts paradoxically that these progressive intellectuals are *behind* the times, and that they are conformists of the worst kind.

1

A deeply tormented writer, plagued by thoughts of his mortality and unable to discover a talisman against terror or an antidote to death, he excels nonetheless in making audiences laugh. When Ionesco had finished writing *La Cantatrice chauve,* he thought that he had expressed "the tragedy of language." To his surprise, the public roared at his lines, for no matter what metaphysical anguish had possessed him as his dialogue took shape, he had in fact written a humorous play. Except for a very few works, Ionesco's theater does not stir us deeply; we can be moved more by reading his personal journals (the plight of a human being) than by seeing his plays (the plight of the human race). This tortured writer is a comedian in spite of himself, and, like his contemporary, Samuel Beckett, he brings to the tragedy of the human condition the gift of irrepressible laughter.

Who is he? Rather than attempt to answer this impossible question, let us simply provide a short biographical summary.

He was born on November 13, 1912, in Rumania, of a Rumanian father and a French mother. When he was one year old his mother took him to Paris. A pallid, frail boy, he was sent away at the age of nine "to get some color" in La Chapelle Anthenaise, a small French village of Mayenne, and the time he spent there was a period of unforgettable, irretrievable happiness. He left France and returned to Rumania at the age of thirteen.

As an adolescent in Bucharest, Ionesco was obliged to live with his father, who had deserted and divorced his mother and remarried. The young boy, sympathizing with his mother, bitterly resented his father and stepmother, and life in their house was a difficult period for him. In 1929 he entered the University of Bucharest, where he completed a brilliant *licence* (master's degree) in French literature. Having finished his studies, he taught French in a Bucharest lycée, and in 1936 he married Rodica Burileano, a student of philosophy. Two years later Ionesco received a grant to write a thesis in France on the theme of death in modern French poetry. The young couple made their way to Paris, but once there, the thesis was quickly forgotten.

Living in the shadow of World War II, Ionesco earned money as a proofreader in a publishing house while his wife worked in a lawyer's office. In 1949 he decided to learn English through the Assimil method, a sort of French Berlitz in handbook form. He tried to memorize such fascinating phrases as "An Englishman's home is his palace," but he became so carried away with the unlikely conversations of the manual's "Mr. Smith" and "Mr. Martin" that he decided to write a play based on the language handbook! . . . And so, *La Cantatrice chauve* was born. It was performed in May, 1950, at the little Théâtre des Noctambules in Paris, and since that time Ionesco's plays have been making theater history—at this moment the Théâtre de la Huchette near the Place Saint-Michel is still drawing appreciative audiences in the fourteenth year of its "Spectacle Ionesco".

Ionesco and the modern revolt against reason

Ionesco is a highly original playwright whose dialogue bears the unmistakable stamp "Made by Ionesco." Yet this originality is the result of ideas and trends that have been permeating our culture for generations. Most remarkable among these trends is the twentieth-century revolt against a rationalist, well-ordered universe. "I dream of an irrationalist theater," says Nicolas d'Eu in *Victimes du devoir,* but for decades this urge to irrationality had already marked the work of surrealists, phenomenologists, existentialists and other important writers and thinkers.

For surrealist authors of the 1920's such as André Breton and Robert Desnos, the illogical realm of dreams was truer than the expression of a totally conscious, well-ordered mind, and they set about to recapture on paper the language of dreams. They invented a technique of spontaneous association called "automatic writing," whereby an author transcribed freely, quickly, and almost unconsciously the thoughts and images dictated by his mind. Ionesco admired the surrealists, and dreams and the unconscious are central to his thinking. But dreams can become nightmares, and when this happens in Ionesco's theater, the influence of Franz Kafka (1883–1924) is notable. As we shall see in *Victimes du devoir*, Ionesco's heroes are sometimes irresistibly drawn into a Kafkaesque labyrinth, a monstrous and ridiculous hallucination involving guilt, eroticism and fear.

The strangeness of a dream world that defies reason and order—Ionesco, with other "absurd" playwrights, has conveyed this in his theater. Dreams, however, are not the only explanation of this flight from reason. It has been encouraged too by the philosophical groundwork laid by certain phenomenologists and existentialists.

For phenomenologist Edmund Husserl (1859–1938), nothing in the world has any meaning in itself except that meaning which man gives to it. It is man's mind that imposes order on the universe, that invents ideas of hierarchy, of cause and effect, of good and bad, etc. Actually, if we simply withdrew, if we viewed objects or experiences from a distance, unemotionally and without passing judgments on them, we would perceive only a mass of individual phenomena with no relation to each other, ruled by no general or universal laws. In view of this, as Albert Camus said in *The Myth of Sisyphus:*

"The rose petal, the milestone or the human hand are as important as love, desire or the laws of gravity."[1]

Existentialists such as Martin Heidegger, Jean-Paul Sartre and Camus were profoundly shaped by Husserl's shattering of the traditional world of reason. For the existentialist, man stands alone, confronted by a universe that has no inherent sense or understandable pattern. He is surrounded by an incomprehensible mass of totally arbitrary data. He desperately wants to understand, but the universe itself gives no pat answers. It is simply there—strange, dense, meaningless and mute. This impossible confrontation of man and his incomprehensible universe is the basis of Camus' philosophy of the absurd. And for Camus, what makes life's absurdity totally unbearable is that man is condemned to die, and his whole life is doomed to ultimate failure and is rendered meaningless by death. Phenomenological and existential themes such as these are at the core of the irrationality that marks Ionesco's theater and, indeed, almost all theater of the absurd.

It is impossible to list every modern author whose writings have contributed directly or indirectly to Ionesco's revolt against reason. But two iconoclasts in particular should be named here—two men whom Ionesco greatly admires—the Rumanian philosopher Stefan Lupascu and the French playwright Alfred Jarry.

In the last scene of *Victimes du devoir* Nicolas d'Eu advises the policeman to read "Lupascu's excellent book, *Logique et contradiction*." In that work and elsewhere Lupascu opposes Aristotelian logic. He attacks the principles of identity (things being identical to themselves) and of non-contradiction, saying: "Just as being can only be understood in terms of non-being, affirmation can only be understood in terms of contradiction."[2] Instead of "to be or not to be," Lupascu maintained that the phrase should be "to be *and* not to be."

As for Alfred Jarry, he had undisputably one of the most nearly direct influences on Ionesco's theater. When Jarry's play *Ubu roi* was performed in 1896 at the Théâtre de l'Oeuvre it was a scandal and an affront to all conventional bourgeois theater, to realistic theater, to true-to-life psychological portrayal. The characters in *Ubu* were grotesque marionettes, preposterous, vulgar—and, for many, refreshingly new. Since that historic production, Jarry's influence on the modern French theater has received increasing recognition. Moreover, scholars have taken quite seriously an unusual "science" fathered by Jarry—pataphysics. Pataphysics, in the words of the highly unconventional Jarry, is "the science of imaginary solutions"; it is a philosophy that refutes the physical sciences and which deals with "the realm beyond metaphysics." A good pataphysician maintains that:

1) the exception is more important than the rule;

2) every phenomenon is a law unto itself;

3) all things are equal—the nonsensical is just as valid as the scientific fact, or perhaps more so;

4) contradiction is the key to reality.

Ionesco is not only a great admirer of Jarry and his astonishing theories but also a "transcendent satrap" in France's Collège de Pataphysique, which continues to maintain the nonconformist principles of Alfred Jarry.

Thus we find that Ionesco's work was made possible in part by the inroads on conventional reason and realism made by the artists and thinkers of the late nineteenth and early twentieth centuries, and that in the final analysis the most original, the most Ionescian of Ionesco's dialogue is, necessarily, built on a foundation of other sources.

Ionesco's irrationalist theater

How is the war against reason and order mirrored in Ionesco's theater? For one thing, a reader or a spectator is immediately struck by the strange role played by objects in his plays. Ionesco's characters are not only confronted by objects but are at times nearly inundated by them in a sort of Husserlian hallucination. Chairs multiply in *Les Chaises,* a dead man's foot grows to giant proportions before our eyes in *Amédée ou comment s'en débarrasser,* cups pile up in *Victimes du devoir,* and in *Le Nouveau locataire* a lodger fills his room with furniture until he can no longer move an inch.

What is more, all objects—like all actions and all experiences—appear to have the same value, for Ionesco clearly refuses to make judgments about such phenomena or to suppose any true order or hierarchy in his theater. Should his characters talk about food or philosophy? Ionesco answers, "All that has equal or non-equal value for me."[3] He makes no distinction between the fantastic and the banal. Everything has the same importance, for everything is arbitrary. Thus we have in *Victimes* a man who sees "nothing" in the newspaper: "Some comets, a cosmic revolution somewhere in the universe. Almost nothing. Police tickets for neighbors whose dogs make messes on the sidewalk."

If conventional logic is abandoned in Ionesco's dialogue, it is also banished from his characters. They give no evidence of psychological unity, psychological determinism or a traditionally realistic psychological evolution. As Nicolas d'Eu proclaims, "We shall abandon the principles of identity and of psychological unity in favor of movement and of a dynamic psychology."

Like the Italian playwright, Luigi Pirandello, Ionesco creates characters whose identities are questionable, who may have several realities, some on subconscious levels, and who can miraculously become themselves at different times of their lives, or even other people. What is more, they have the unsettling habit of switching from one "role" to another without batting an eye. Witness Madeleine of *Victims* who goes to the kitchen as a shrewish housewife and emerges suddenly as a femme fatale. Or the timid, retiring law officer who in a split-second change becomes quite another brand of policeman. Since Ionesco's characters have little unity or continuity, their chronology becomes fragmented and enigmatic. These people cannot grasp their past reality; memory is destroyed, and logical time sequences are no longer possible.

The lack of order that is evident in the ideas and characters of Ionesco's plays is present, quite naturally, in his style. Since the characters are not believable as individual human beings, they appear at times almost like marionettes (as in *La Cantatrice chauve*), and their mechanical responses account for much of the humor in these plays.

Comedy is not a well-ordered genre here, sharply distinguishable from tragedy, for, again, there are no rigid laws to keep the two realms separate. So, as Nicolas declares, "What is tragic becomes comic, what is comic becomes tragic." It may seem amazing to readers not accustomed to the innovations of absurd theater that when Choubert is helplessly descending into unknown depths, Madeleine spends her time making ridiculous puns. Yet these techniques seem totally natural to Ionesco, Beckett and other modern writers.

And what of Ionesco's language? As one might expect, it is a direct expression of these veins of irrationality. If the characters are emptied of any conventional psychology, words are likewise drained of their customary meaning. They can be totally arbitrary, as in *La Cantatrice chauve* or *La Leçon*, where one key word could often be substituted for another. They are at times deflected, deformed, defiled. Clichés are turned inside out. Non sequiturs abound (especially in the early Ionesco). Lists of the most disparate concepts fill the dialogue. But, as Ionesco has pointed out,[4] there is, nevertheless, communication. He insists that in his plays, as in life itself, people seem to understand each other somehow, and since words don't appear to have intrinsic meaning, this ability to communicate is strange—indeed, amazing.

By his denial of rational theater, Ionesco has helped free our minds of the usual patterns. His thought, characterization and style are all expressions of a new kind of liberty. Yet this liberty does not dissolve into anarchy, primarily because, consciously or not, Ionesco has structured his plays conventionally, building scenes, creating dramatic density and unity. A play like *Jacques ou la soumission* is a parody of well-made plays, but even as satire it is constructed along the lines of conventional plays. The steadily increasing intensity of *La Leçon* gives unity and order to the play. *La Soif et la faim* is even closer to traditional drama, for in it Ionesco has abandoned his non sequiturs, created a more nearly believable central character, and does not break moods but creates them fully.

There is not only order to Ionesco's plays but a good measure of reality as well. Some of this reality is a result of the staging. When we as readers think of the puppet-like, interchangeable characters of *La Cantatrice chauve* or *Jacques,* we might imagine it difficult for actors to play these roles. Must they be acting in a void? When the late Robert Postec, a director and actor of Ionesco's plays, was asked this question in 1961, he explained that this was not the case, since an actor can keep in mind a certain prototype in interpreting an Ionescian character. For example, as the father in *Jacques,* Postec imagined himself the epitome of an old army colonel.

The idea of the prototype also holds true for the language of these plays. As critic Maurice Lecuyer has indicated,[5] when Ionesco presents words that would seem completely out of place, a reader or spectator can often substitute more logical or conventional terms. Madeleine tells Choubert that he should consult higher authorities about his theories, "professors of the Collège de France, influential members of the Agronomical Institute, Norwegians, certain veterinarians." We can, if we must be prosaic, imagine Sorbonne professors, eminent writers and critics, and so on.

A friend of the abstract painter Kandinsky, Ionesco wanted to create a new, abstract theater. He did this most effectively in *La Cantatrice chauve* where he used themes, characters and language almost as an abstract artist might use forms and color. Yet even in his least representational works there is an element of recognizable reality. And all the more so since ultimately, flesh-and-blood living beings stand before us to interpret his theater. In the final analysis, as we shall see in the following discussion of *Victimes du devoir,* Ionesco's theater is not pure abstraction but a symbolic theater having a very real and concrete frame of reference.

Victimes du devoir

Victimes du devoir is a dramatic adaptation of a story by Ionesco, "Une Victime du devoir," published in his collection of short sketches, *La Photo du colonel* (and reproduced below on page 151.)

At the start of the play, Choubert and his ill-humored wife Madeleine sit talking in dull domesticity as he reads the paper and she darns socks. A policeman knocks at the door and inquires timidly about a fellow named Mallot. The couple cordially invite the young officer in and he accepts with great reluctance. But when Choubert says that Mallot's last name ends in "t," and that he does not know him personally, the policeman becomes highly suspicious and immediately forces Choubert to search his mind for anything that he knows about Mallot. Madeleine joins the policeman in urging Choubert to descend into the depths of his mind to find Mallot.

Time is realized as space as Choubert appears to sink literally deeper and deeper into the mire of his memory. On his way down he finds not Mallot but his own past, his mother and father, his younger self. The three characters act out various stages of his life, and Choubert, an ineffectual Alice in Blunderland, plays the part, at one point, of an actor on a stage, while Madeleine, accompanied by the policeman, takes the role of a jaded, worldly theatergoer.

Since Choubert has not found Mallot in his descent, he is told to go up. He manages with great difficulty to climb so high that he finally goes out of this world and into the realm of an ideal "radiant city." Aghast, Madeleine and the policeman try to lure him back to earth with promises of rewards through fame, success and worldly pleasures. Choubert finally plops down into a wastepaper basket. A lady appears seated on a chair at the side of the stage, where she remains silent until the last moments of the play.

Nicolas d'Eu enters and Madeleine starts her journeys back and forth from the kitchen to set out huge piles of coffee cups. Then, as the policeman forces Choubert to swallow gigantic chunks of bread to stop up the holes in his memory, Nicolas calmly discusses his (and Ionesco's) ideas for a new irrationalist theater. But Nicolas finally "notices" the torturing that has been occurring right before his eyes and kills the policeman. Upbraided by Madeleine and Choubert for so brutally killing the "pauvre petit," Nicolas decides that it is his duty to carry on the policeman's work, to search for Mallot. As the play ends, it is Nicolas who forces Choubert to swallow bread, while all the characters, even the silent lady bystander, cry out "Chew, swallow!"

After reading this brief summary, it might seem that Ionesco has perpetrated a glorious hoax on the public by serving up a ridiculous and grotesque salad that mysteriously masquerades as meat. Yet there is meat enough in *Victimes du devoir:* for though it is not Ionesco's most successful play, it is one of his most revealing, and one in which he has poured out his soul.

It is possible to appreciate *Victimes du devoir* on three levels: the levels of Ionesco's literary, personal and politico-moral preoccupations. *Victimes* is, to begin with, not only theater but also a comment on theater. Its subtitle "pseudo-drame" would seem at first to indicate that the author intended a parody of traditional theater. But *Victimes* is no more a parody than other Ionesco plays and less one than *La Cantatrice* or *Jacques.* "Pseudo-drame" tells us mainly that Ionesco is asserting his originality, as always, and is eager to continue creating his own genres rather than to travel beaten paths. On the literary level, the play is manifestly a vehicle for airing Ionesco's views (through his mouthpiece Nicolas d'Eu) on what theater should and should not be.

Well beneath the surface of the polite literary hassle are struggles that go much deeper and that lie at the heart of Ionesco's own experience. A competent psychiatrist would not seriously attempt to analyze Ionesco through his writings, but certain personal themes and attitudes are, nevertheless, apparent. There is, above all, the nightmare of a man whose home and wife are "taken over" by a cruel authority, and who, as a boy again, must witness a painful scene between his father and mother and be abandoned by his mother. There is the despair of one who yearns for forgiveness from his father but who cannot hear that forgiveness. There is the agony of a man who is drowned in mire, pulled back from liberating flight and made to keep swallowing when he can no longer do so.

Ionesco has said that his father represented a detestable kind of authority for him and that his own hatred of authority originated from his feelings about his father. When he was about four years old, he witnessed a quarrel between his mother and father and remembers seeing his mother attempt to take poison (his father prevented it). After his father divorced his mother, and after several unhappy years with his father and stepmother in Rumania, Ionesco tried to avenge himself and his mother by writing pamphlets against his father's country. Later, in his thirties, he was not proud of his rash vengeance and reproached himself for censuring a man who was simply "like everyone else."[6]

It would be foolhardy to try to explain exactly whom each character represents at every moment of the work; it is doubtful that Ionesco always had precise equivalents in mind throughout the play. But, as we shall see, the policeman does take the father's role in a scene where Madeleine is the mother. Moreover, the wives in Ionesco's plays are almost always part spouse, part mistress and, to a great extent, mother. The husband, on the other hand, almost always reverts, as Choubert does, to a child's role—even to the point of sitting on the wife's lap, as in *Les Chaises*.

Wives are generally nagging and unglamorous, except for brief erotic scenes, and completely unsympathetic to their husbands' flights of fancy, poetic musings or desire to be liberated from the confines of routine and responsibility. They are down-to-earth, unimaginative beings, and yet, curiously, Ionesco does not reject his shrewish Madeleines. He accepts them so completely that in *Le Piéton de l'air,* after the hero has managed to fly well off the ground—to the dismay of his complaining wife—he sweetly and quite sincerely suggests that she and their daughter come up too! A modern woman might object to the unappetizing spouses that parade through Ionesco's plays, but they are central to his creation and—in spite of everything—cherished.

The whole structure of *Victimes du devoir* is erected on intensely personal themes that Ionesco has discussed time and again in his autobiographical writings and interviews. The mud that dominates Choubert's search relates to the anguish that low, dark, humid places inspire in Ionesco. It holds the same horror for him as a basement apartment that haunted his dreams and that represented a tomb and the fear of death. In his tortured descent Choubert speaks of a little village that certainly represents a paradise lost, the little town of La Chapelle Anthenaise where Ionesco lived happily and unafraid as a boy. Toward the end of the search, when Choubert comes to the top of the mountain and finally leaves the ground, we have an Ionesco liberated, relieved of his terror ("I'm no longer afraid of dying")—an Ionesco who can at last breathe freely. He has found the radiant city of his dreams, and he has recaptured, at long last, beauty and joy. Then, as usual, those closest to him make him come down again to reality by tempting him with promises of fame and pleasure.

These are obviously not symbols imagined for the sake of literature, but true and visceral experiences of the author. Some meanings are, in fact, much more concrete and specific than they would seem at first glance. At the play's end, for example, the forced feeding of Choubert is directly inspired by Ionesco's unhappy memory of adults making his little daughter eat when she was no longer hungry.[7]

Is Choubert of *Victimes du devoir* a counterpart of Ionesco himself? Since Ionesco's characters are not representational psychological portraits, we cannot expect to find the author's own character and personality transposed literally to Choubert. Nonetheless, we may discover traces of Ionesco's inner life in that character. We can also see in Choubert a certain self parody—a light mockery of the author's gentleness and reluctance to hurt, and a spoof of his poetic soul searchings rendered in a style of poetry that was once admired and even adopted by a younger Ionesco—"bad parnassianism-symbolism-surrealism," according to Madeleine.

If Ionesco's symbols frequently refer to concrete experiences in his own life, these experiences become universalized in his plays, where one man is often meant to signify Everyman. Choubert and Madeleine, for instance, may be just another middle-aged couple, but for Ionesco, "The couple is the whole world, it is man and woman, it is Adam and Eve, it is the two halves of humanity . . ."[8] From the stuff of his own life, Ionesco has created myths for the modern theater.

Victimes du devoir can be understood on a third level—that of political sentiment—but it must be stressed immediately that this is not a propaganda or thesis play. As Ionesco has made quite clear in *L'Impromptu de l'Alma* and elsewhere, he abhors the committed and Marxist plays that have flourished for the last decade or so in the modern French "popular" theaters. Unlike those plays, *Victimes* does not take a political stand on current questions. It is instead political only in a broad moral sense.

It could first of all be understood as a parable. A young blond policeman uses torture in order to brainwash his victim. He marches in a military manner, he speaks of discipline and fatherland and refers to the Danube. When he is caught and about to be put to death by Nicolas, he protests, "I am only doing my duty . . . he made me come in . . . I didn't want to . . . they insisted . . . I am only an instrument." As he dies, his last words are "Long live the white race."

Like many writers of his generation, Ionesco was profoundly marked by the events of World War II; many pages of his journals reflect his dismay at the rise of Nazism and his horror when, one by one, his friends became fascists (a situation that became the subject of his play *Rhinocéros*). Surely the young blond policeman is inspired by Nazi Germany, surely the victim-of-duty excuse that he uses could be drawn from the post-war Nuremburg trials of many criminal Nazis, and it is possible to imagine Madeleine, whom he calls his "collaboratrice," as Vichy France, helping to impose a foreign tyranny upon a confused, idealistic, victimized nation.

But what of Nicolas d'Eu? He had entered in a friendly manner and after a while had decided he must protect Choubert and kill the blond policeman. His attitude in killing him is, however, in Ionesco's words, "cruel and cold." His name is Nicolas d'Eu, and when he pronounced it the policeman mistook him for Nicolas Deux, Czar of Russia. According to Ionesco, all authority is arbitrary and all authority is criminal. If he hated Nazi tyranny in the 40's, he was no happier about the communist takeovers of the 50's. In the light of this, Nicolas d'Eu, the "protector" who becomes persecutor could be Russia, or any communist country—or any tyrannical authority masquerading as a benefactor.

Critic Richard N. Coe has seen in *Victimes du devoir* a contrast between abstract rhetoric and violent action, and this is surely apparent in the scenes where the policeman speaks of duty and humanity while putting every possible pressure on his victim. But there is another dualism that is equally important—the relationship of torturer and victim. In remembering the bitter scene between his mother and father, Ionesco felt for years that his mother had been cruelly persecuted. In thinking about this later, however, he could no longer be sure of it, and he said, "Often the apparent victim is stronger than the apparent torturer."[9] It is significant that at the end of *Victimes du devoir* each character claims to be a victim, but each one—even Choubert and the silent lady bystander—cries, "Chew, swallow!"

Several likely interpretations, then, may be given to *Victimes du devoir*. But to claim that the play signifies precisely one thing or another would betray Ionesco's intention, for his modern concept of art includes the much-prized dimension of ambiguity. When readers try to search for hidden meanings in the work, they must be wary of inventing Mallot if they, like Choubert, cannot find him. For example, some critics have felt that Mallot signifies Ionesco's past, a rationalist theater, or many other things. When Ionesco was asked pointblank what Mallot signified, however, he answered, "Actually, Mallot means nothing"![10] Without this necessary level of ambiguity *Victimes du devoir* would be little more than the usual "roman policier" that Choubert so disdains in the theater. Choubert maintains that every play written is merely "an investigation brought to a good conclusion. There is a mystery that is solved for us in the last scene." In *Victimes* we have a policeman and a mystery that must be solved: Mallot with a "t". It is, characteristically, necessarily, a mystery that is never solved at all.

If we must explain *Victimes du devoir* briefly, we may say, quite generally, that Ionesco is making the same statement here that he has made in all of his theater: a statement against conformism. He began in *La Cantatrice chauve* by mocking the conformism of "la mentalité petite-bourgeoise." Later plays like *Victimes* and, more clearly, *Rhinocéros* show us the dangers of the kind of conformist thinking that ultimately turns us into brutes.

It is one thing to read an Ionesco play and quite another to see it performed. Ionesco is what we might call a director's author. His plays are a challenge to directors: since so much of what happens is arbitrary, a director must use his imagination to impose his own kind of order and to guide his actors to a specific interpretation. What is abstract in the writing must be rendered more concrete and visual on stage. There is, moreover, a good dose of fantasy to cope with, and a good deal of machinery. When Amédée or Bérenger takes off in the air, do you have him simply fly around like Peter Pan? And when Choubert descends, ascends and transcends, should the director and actor interpret this literally?

One very successful staging of an Ionesco play was Jacques Mauclair's production of *Victimes du devoir* in 1953. The most difficult part of the stage business to imagine was, certainly, Choubert's painful downward march into the muddy forest and his arduous climbing of the mountain. Mauclair gave no thought to covering the stage with mud, trees or a fake mountain; chairs and a table were quite sufficient. The impression of Choubert's descent was created with the help of lighting and an effective use of the actor's body. When he was supposed to be groping blindly through the forest, he crawled slowly under the table. Before climbing his steep mountain, he encountered a chair which seemed an enormous obstacle in his way. He had to climb on the chair in order to get closer to the mountain, represented by the table. Once on the chair, he managed with great difficulty to hoist himself up on the table-mountain, and finally—the end of his journey—he went even higher up on a chair that had been placed on the table.

This symbolic rendering of a symbolic text pleased Ionesco much more than attempts at realistic interpretations. He felt, too, that the abrupt transitions and metamorphoses that abound in *Victimes* should not be made understandable through acting, but should remain sudden and inexplicable. When a character suddenly becomes another part of himself, therefore, directors often mark such a break with a brief blackout during which time the actor may go to another part of the stage for his new "incarnation."

Ionesco is sorely disappointed with directors who will not accept his daring techniques and who try to downplay his imaginative innovations. But he is delighted when directors match him in daring, and he has accepted and even incorporated some of their suggestions in final published editions. And when the first Italian director of *La Cantatrice chauve* chose to end the play with a frenetic ballet, Ionesco's only comment was, "That's all right too."[11]

So the same freedom and lack of conformity that characterize Ionesco's thought and language carry over to stage productions of his works. Yet in spite of a great margin for interpretation, there is still, generally speaking, one most effective manner of staging Ionesco's plays—a certain balance of stylization and realism, of seriousness and humor. This balance has been achieved by Jacques Mauclair, by Robert Postec and other gifted directors and by the comédienne who has played so many of Ionesco's literary wives, the amazing Tsilla Chelton. It is through the work of such artists that Ionesco's theater can be fully appreciated and enjoyed.

Here, with the text and not the stage before our eyes, we may still discover and enter into the extraordinary universe of Eugène Ionesco. In *Victimes du devoir,* this provocative and highly personal play, a human being is speaking to us. His allegorical message is not one that we can readily grasp, but close reading will enable us to discern through the cloud of symbols not only Choubert, not only Ionesco, but modern man and, inevitably, ourselves.

Out of a wide variety of philosophical and literary influences, Ionesco has miraculously created a style that is his own. His plays have disconcerted, exasperated and enchanted critics from near and far. It is difficult to estimate the impact that they have had on the modern theater and the modern public. Let us simply note that Ionesco is one of the most widely read, widely played and widely imitated of contemporary French dramatists. His voice is a voice for our times.

Footnotes

[1] *The Myth of Sisyphus,* New York, Vintage Books, 1955, page 20.

[2] «Être et ne pas être avec Lupasco,» *La Tour de Feu,* cahier 85, mars 1965 (issue devoted to Lupascu).

[3] «Tout cela a pour moi une valeur ou une non-valeur égale.» Claude Bonnefoy, *Entretiens avec Eugène Ionesco,* Paris, Editions Pierre Belfond, 1966, page 71.

[4] *Ibid.,* page 69.

[5] «Le Langage dans le théâtre d'Eugène Ionesco,» *Rice University Studies,* Vol. 51, No. 3, Summer, 1965.

[6] *Présent passé, passé présent,* Paris, Mercure de France, 1968, page 28.

[7] Rosette Lamont, "Air and Matter": Ionesco's «Le Piéton de l'air» and «Victimes du devoir,» *The French Review,* Vol. 38, No. 3, January, 1965, page 350.

[8] Bonnefoy, *op. cit.,* page 97.

[9] *Présent passé, passé présent,* page 24.

[10] «En réalité, ce Mallot n'est rien.» Letter from Eugène Ionesco, Paris, January 5, 1970.

[11] «C'est aussi bien,» *Notes et contre-notes,* Paris, Gallimard, 1962, page 164.

Victimes du devoir

pseudo-drame

Personnages

Choubert	*R.-J. Chauffard*
Madeleine	*Tsilla Chelton*
Le Policier	*Jacques Mauclair*
Nicolas d'Eu	*J. Alric*
La Dame	*Pauline Campiche*
Mallot avec un *t*.	

Le *pseudo-drame* Victimes du devoir a été créé au Théâtre du Quartier Latin, en *février 1953, dans une mise en scène de Jacques Mauclair.*

Musique de scène de Pauline Campiche. Décors de René Allio.

Aux reprises de 1954, puis de 1959, Théâtre de Babylone et Studio des Champs-Élysées, *les décors étaient de Jacques Noël. Un rouge cramoisi était la couleur dominante.*

raccommoder   réparer

sur le journal   dans le journal

Il ne se passe jamais rien.   Rien n'arrive jamais.

bouleversement (m.)   trouble violent, grand désordre

contravention (f.)   *traffic ticket*

embêtant   ennuyeux, gênant

marche dessus   c'est-à-dire, sur les saletés

ça les énerve   cela les irrite

sensible   facilement touché par les émotions (n'est pas l'équi-
valent de «*sensible*» en anglais)

préconiser   recommander vivement

le seul moyen ... remédier   notre seul remède

déséquilibre (m.)   perte de l'équilibre, instabilité

embarras (m.)   confusion

Intérieur petit-bourgeois. Choubert, assis dans un fauteuil près de la table, lit son journal. Sa femme, Madeleine, sur une chaise, devant la table, raccommode des chaussettes. Un silence.

MADELEINE, *s'interrompant dans son travail:* Quoi de nouveau sur le journal? 5

CHOUBERT: Il ne se passe jamais rien. Des comètes, un bouleversement cosmique, quelque part dans l'univers. Presque rien. Des contraventions pour les voisins parce que leurs chiens font des saletés sur le trottoir...

MADELEINE: C'est bien fait. C'est bien embêtant quand on marche 10 dessus.

CHOUBERT: Et pour les gens qui habitent le rez-de-chaussée, ils ouvrent leurs fenêtres le matin, ils voient ça, ça les énerve pour toute la journée.

MADELEINE: Ils sont trop sensibles. 15

CHOUBERT: C'est la nervosité de l'époque. L'homme moderne a perdu sa sérénité d'autrefois. (*Silence.*) Ah, il y a aussi un communiqué.

MADELEINE: Quel communiqué?

CHOUBERT: C'est assez intéressant. L'Administration préconise, 20 pour les habitants des grandes villes, le détachement. C'est, nous dit-on, le seul moyen qui nous reste de remédier à la crise économique, au déséquilibre spirituel et aux embarras de l'existence.

MADELEINE: Tout le reste a déjà été essayé. Ça n'a rien donné. Ce n'est peut-être la faute à personne. 25

soyons (impér. de **être**)

tourne toujours en   devient toujours

prennent . . . figure de   prennent . . . la forme de

citoyen (m.)   habitant d'un pays

Il porte ses fruits sur deux plans.   Il est doublement avantageux.

faire d'une pierre deux coups   obtenir deux résultats par la même
   action

détachement-système   système basé sur l'indifférence politique
   (terme inventé par Ionesco)

expérimenté   essayé, mis en pratique

Rien de nouveau . . .   C'est toujours la même chose.

Choubert . . .   (Choubert termine ici sa réplique précédente: «Ce
   système . . . a déjà été expérimenté . . .»)

CHOUBERT: Pour l'instant, l'Administration ne fait encore que recommander amicalement cette solution suprême. Ne soyons pas dupes: nous savons parfaitement que la recommandation tourne toujours en commandement.

MADELEINE: Tu te hâtes toujours de généraliser!

CHOUBERT: Nous savons que les suggestions prennent brusquement figure de règlement, de lois sévères.

MADELEINE: Que veux-tu, mon pauvre ami, la loi est nécessaire, étant nécessaire et indispensable, elle est bonne, et tout ce qui est bon est agréable. Il est, en effet, très agréable d'obéir aux lois, d'être un bon citoyen, de faire son devoir, de posséder une conscience pure!...

CHOUBERT: Oui, Madeleine. Dans le fond, c'est toi qui as raison. La loi a du bon.

MADELEINE: Évidemment.

CHOUBERT: Oui, oui. Le renoncement a l'avantage important d'être, à la fois, politique et mystique. Il porte ses fruits sur deux plans.

MADELEINE: Cela permet de faire d'une pierre deux coups.

CHOUBERT: C'est là son intérêt.

MADELEINE: Tu vois?

CHOUBERT: D'ailleurs, si je me souviens de mes leçons d'histoire, ce système administratif, le détachement-système, a déjà été expérimenté il y a trois siècles, et puis il y a cinq siècles, il y a aussi dix-neuf siècles, et aussi l'année dernière...

MADELEINE: Rien de nouveau sous le soleil!

CHOUBERT: ... Avec succès, sur des populations entières, dans les métropoles, dans les campagnes (*il se lève*), sur des nations, des nations comme la nôtre!

MADELEINE: Assieds-toi.

Choubert se rassoit.

CHOUBERT, *assis:* Seulement, il est vrai, cela demande le sacrifice de certaines commodités individuelles. C'est tout de même ennuyeux.

au tout début d'abord, au commencement

se défaire de renoncer à

faire une psychose souffrir d'une maladie mentale

puisse (subj. de **pouvoir**)

policières qui ont rapport au crime

menée à bonne fin qui atteint son but

Autant tout révéler On pourrait aussi bien tout révéler

dès depuis

tenir compte de prendre en considération

n'a rien à voir (avec) n'a aucune rapport avec, ne joue aucun
  rôle dans

fait divers (m.) compte rendu d'un crime

une femme . . . ambiguës Ionesco se réfère à un conte pieux du
  moyen âge: «D'une femme de Loon qui fut délivrée du feu par
  le miracle Notre-Dame.»

gendre (m.) époux de la fille (par rapport au père et à la mère
  de la fille)

inavouable scandaleux, honteux

MADELEINE: Oh, pas forcément!... Le sacrifice n'est pas toujours difficile. Il y a sacrifice et sacrifice. Même si c'est ennuyeux, au tout début, de se défaire de certaines habitudes, une fois que c'est défait, c'est défait, personne n'y pense plus sérieusement!

Un silence. 5

CHOUBERT: Toi qui vas souvent au cinéma, tu aimes beaucoup le théâtre.
MADELEINE: Comme tout le monde, bien sûr.
CHOUBERT: Plus que tout le monde.
MADELEINE: Oui, plutôt plus. 10
CHOUBERT: Que penses-tu du théâtre d'aujourd'hui, quelles sont tes conceptions théâtrales?
MADELEINE: Encore ton théâtre! Tu en es obsédé, tu vas faire une psychose.
CHOUBERT: Penses-tu vraiment que l'on puisse faire du nouveau au 15 théâtre?
MADELEINE: Je te répète que rien n'est nouveau sous le soleil. Même quand il n'y a pas de soleil.

Silence.

CHOUBERT: Tu as raison. Oui, tu as raison. Toutes les pièces qui 20 ont été écrites, depuis l'antiquité jusqu'à nos jours, n'ont jamais été que policières. Le théâtre n'a jamais été que réaliste et policier. Toute pièce est une enquête menée à bonne fin. Il y a une énigme, qui nous est révélée à la dernière scène. Quelquefois, avant. On cherche, on trouve. Autant tout révéler dès le début. 25
MADELEINE: Tu devrais donner des exemples, mon ami.
CHOUBERT: Je pense au miracle de la femme que Notre-Dame empêcha d'être brûlée vive. Si on ne tient pas compte de l'intervention divine qui n'a vraiment rien à voir là-dedans, il reste un fait divers: une femme fait assassiner son gendre par deux tueurs 30 de passage, pour des raisons ambiguës...
MADELEINE: Et inavouables...

Antoine André Antoine (1858–1943), fondateur du Théâtre Libre. Choubert le méprise pour avoir voulu transposer la vie réelle sur une scène de théâtre.

classicisme (m.)   (Madeleine fait allusion au théâtre du 17e siècle: Corneille, Racine, Molière.)

Collège de France   établissement d'enseignement fondé à Paris en 1530 par François Ier, en dehors de l'Université de Paris

influent (adj.)   qui a de l'autorité, important

Institut Agronomique   Institut National Agronomique, école supérieure d'enseignement agricole

passionner   intéresser vivement

CHOUBERT: ... La police arrive, on fait une enquête, on découvre la coupable. C'est du théâtre policier. Du théâtre naturaliste. Le théâtre d'Antoine.

MADELEINE: En effet.

CHOUBERT: Le théâtre n'a jamais évolué dans le fond.   5

MADELEINE: C'est dommage.

CHOUBERT: Tu vois, c'est du théâtre énigmatique, l'énigme est policière. Ça a toujours été comme ça.

MADELEINE: Mais le classicisme?

CHOUBERT: C'est du théâtre policier distingué. Comme tout natura- 10
lisme.

MADELEINE: Tu as des idées originales. Elles sont peut-être justes. Tu devrais tout de même demander l'avis de personnes autorisées.

CHOUBERT: Quelles personnes?

MADELEINE: Il y en a, parmi les amateurs de cinéma, les professeurs 15
du Collège de France, les membres influents de l'Institut agronomique, les Norvégiens, certains vétérinaires... Les vétérinaires surtout doivent avoir beaucoup d'idées à ce sujet.

CHOUBERT: Tout le monde a des idées. Ce n'est pas cela qui manque. Mais ce sont les faits qui comptent.   20

MADELEINE: Les faits, rien que les faits. On pourrait quand même leur demander.

CHOUBERT: Il faudra leur demander.

MADELEINE: Il faut leur donner le temps de réfléchir. Tu as le temps...   25

CHOUBERT: La question me passionne.

> *Silence.*
> *Madeleine raccommode ses chaussettes.*
> *Choubert lit son journal.*
> *On entend frapper à une porte qui n'est pas une des portes de* 30
> *la pièce dans laquelle se trouvent Choubert et Madeleine. Chou-*
> *bert lève cependant la tête.*

MADELEINE: C'est à côté, chez la concierge. Elle n'est jamais là.

vraisemblablement probablement

palier (m.) étage, niveau horizontal

de nouveau encore une fois

river attacher solidement

loge (f.) appartement occupé par la concierge

Si j'allais voir? Dois-je aller voir?

se diriger vers aller vers

pas de la porte (m.) l'espace qui se trouve devant une porte, le
  seuil

serviette (f.) un grand portefeuille servant à renfermer des papiers

pardessus (m.) vêtement masculin qu'on porte par-dessus les
  autres; manteau

doucereux d'une douceur affectée

On entend de nouveau frapper à la porte de la concierge se trouvant, vraisemblablement, sur le même palier. Puis:

LA VOIX DU POLICIER: Concierge! Concierge!

Silence. On frappe de nouveau, puis, de nouveau:

LA VOIX DU POLICIER: Concierge! Concierge!   5
MADELEINE: Elle n'est jamais là. Que nous sommes mal servis!
CHOUBERT: On devrait river les concierges à leur loge. On demande peut-être quelqu'un de la maison. Si j'allais voir?

Il se lève, se rassoit.

MADELEINE, *sans violence:* Ce n'est pas notre affaire. Nous ne 10
sommes pas des concierges, mon ami. Dans la société, chacun a sa mission sociale bien déterminée!

Court silence. Choubert lit son journal. Madeleine raccommode ses chaussettes.
Coups timides à la porte de droite.   15

CHOUBERT: Maintenant, c'est chez nous.
MADELEINE: Tu peux aller voir, mon ami.
CHOUBERT: Je vais ouvrir.

*Choubert se lève, se dirige vers la porte de droite, ouvre. Apparaît le Policier sur le pas de la porte. Il est très jeune, il a 20
une serviette sous le bras. Il porte un pardessus beige, pas de chapeau, il est blond, un air doucereux, excessivement timide.*

LE POLICIER, *sur le pas de la porte:* Bonsoir, Monsieur. (*Puis à Madeleine qui s'est levée à son tour et se dirige, elle aussi, vers la porte.*) Bonsoir, Madame.   25
CHOUBERT: Bonsoir, Monsieur. (*A Madeleine.*) C'est le Policier.
LE POLICIER, *avançant d'un seul petit pas timide:* Je m'excuse,

oser   avoir le courage de
en principe   en théorie, théoriquement
J'ai l'honneur de vous saluer.   (formule employée dans une lettre)
   Je vous rends mes hommages.
Agréez, Madame . . . respectueux.   (formule de correspondance)
   Recevez, Madame, l'expression de mon respect.
bien élevé   poli
navré   désolé, fâché
nullement   pas du tout
il s'agit de   il est question de
tout à fait   absolument, entièrement
Donnez-vous la peine d'entrer   Entrez donc, s'il vous plaît
montre-bracelet (f.)   instrument qui sert à indiquer l'heure; montre
   qu'on porte au poignet
Je m'aperçois   Je vois
à part   à elle-même
bref   enfin, en un mot

Madame, Monsieur, je voulais demander un renseignement à la concierge, la concierge n'est pas dans sa loge...

MADELEINE: Naturellement.

LE POLICIER: ... savez-vous où elle est, savez-vous si elle doit venir bientôt? Oh, excusez-moi, excusez-moi, je... je n'aurais certaine- 5 ment pas frappé à votre porte si j'avais trouvé la concierge, je n'aurais pas osé vous déranger...

CHOUBERT: La concierge doit rentrer, Monsieur, bientôt. Elle ne sort, en principe, que le samedi soir, pour aller au bal. Elle va tous les samedis soir au bal, depuis qu'elle a marié sa fille. Comme 10 nous sommes le mardi soir...

LE POLICIER: Je vous remercie infiniment, Monsieur, je m'en vais, Monsieur, je vais l'attendre sur le palier. J'ai l'honneur de vous saluer. Agréez, Madame, mes hommages respectueux.

MADELEINE, à Choubert: Quel jeune homme bien élevé! Il est d'une 15 politesse exquise. Demande-lui donc ce qu'il veut, tu pourrais peut-être le renseigner.

CHOUBERT, au Policier: Que désirez-vous, Monsieur, je pourrais peut-être vous renseigner.

LE POLICIER: Je suis vraiment navré de vous déranger. 20

MADELEINE: Vous ne nous dérangez nullement.

LE POLICIER: Il s'agit d'une chose tout à fait simple...

MADELEINE, à Choubert: Fais-le donc entrer.

CHOUBERT, au Policier: Donnez-vous donc la peine d'entrer, Monsieur. 25

LE POLICIER: Oh, Monsieur, je, vraiment, je...

CHOUBERT: Ma femme vous prie d'entrer, Monsieur.

MADELEINE, au Policier: Mon mari et moi nous vous prions d'entrer, cher Monsieur.

LE POLICIER, consultant sa montre-bracelet: Je m'aperçois que je 30 n'ai pas le temps, je suis déjà en retard, vous savez!

MADELEINE, à part: Il a une montre en or!

CHOUBERT, à part: Elle a déjà remarqué qu'il a une montre en or!

LE POLICIER: ... enfin, pour cinq minutes, puisque vous insistez... mais je ne pourrai pas... bref... je rentre, si vous voulez, à la con- 35 dition que vous me laissiez partir tout de suite...

entrouvrir   ouvrir un peu

complet (m.)   vêtement comportant deux pièces, veston et pantalon

tout neuf   acheté très récemment (*ant.:* vieux, usé)

Tu ne trouves pas?   Ne crois-tu pas?

Veuillez (subj. de **vouloir**)

époux (m. pl.)   couple marié

Les pièces qu'on y joue!   (ironique)

partager votre opinion   être d'accord avec vous

locataire (m.)   qui habite une maison, un appartement

MADELEINE: Soyez tranquille, cher Monsieur, nous n'allons pas vous retenir de force... venez tout de même vous reposer un petit instant.

LE POLICIER: Merci. Je vous suis bien obligé. Vous êtes bien aimable.   5

> *Le Policier fait encore un pas dans la pièce, s'arrête, entrouvre son pardessus.*

MADELEINE, *à Choubert:* Quel beau complet marron, tout neuf!

CHOUBERT, *à Madeleine:* Quels magnifiques souliers!

MADELEINE, *à Choubert:* Quels beaux cheveux blonds! (*Le Policier* 10 *passe sa main dans ses cheveux blonds.*) Il a de jolis yeux, son regard est doux. Tu ne trouves pas?

CHOUBERT, *à Madeleine:* Il est sympathique, il inspire confiance. Il a un visage d'enfant.

MADELEINE: Ne restez pas debout, Monsieur. Veuillez donc vous 15 asseoir.

CHOUBERT: Prenez un siège.

> *Le Policier avance encore d'un pas. Il ne s'assoit pas.*

LE POLICIER: Vous êtes bien les époux Choubert, n'est-ce pas?

MADELEINE: Mais oui, Monsieur.   20

LE POLICIER, *à Choubert:* Il paraît que vous aimez le théâtre, Monsieur?

CHOUBERT: Euh... euh... oui... ça m'intéresse.

LE POLICIER: Comme vous avez raison! Moi aussi, Monsieur, j'aime le théâtre. Hélas, je n'ai guère le temps d'y aller.   25

CHOUBERT: Les pièces qu'on y joue!

LE POLICIER, *à Madeleine:* Monsieur Choubert est aussi, je crois, un partisan de la politique du «détachement-système»?

MADELEINE, *à peine surprise:* Oui, Monsieur, en effet.

LE POLICIER, *à Choubert:* J'ai l'honneur de partager votre opinion, 30 Monsieur. (*Aux deux.*) Je regrette de prendre de votre temps. Je voulais seulement savoir si les locataires qui vous ont pré-

carrément d'une manière décidée
encadré par entouré de, se trouvant entre
toutefois cependant
demi-pas (m.) une très petite distance
déplier ouvrir
étui (m.) boîte qui sert à porter des cigarettes
hôte (m.) personne qui offre l'hospitalité
se presser se dépêcher
aspirer une bouffée inhaler la fumée (de sa cigarette)
avoir la langue dans la poche parler avec difficulté
déluré vif
pourtant cependant, malgré cela
mécontenter déplaire, rendre fâché

cédés s'appelaient Mallot, avec un *t* à la fin, ou Mallod, avec un *d*. C'est tout.

CHOUBERT, *sans hésiter:* Mallot, avec un *t*.

LE POLICIER, *plus froid:* C'est bien ce que je pensais. (*Sans parler, le Policier s'avance carrément dans la pièce, encadré par Made-* 5 *leine et Choubert, ceux-ci, toutefois, un demi-pas en arrière. Le Policier se dirige vers la table, saisit une des deux chaises, s'assoit, tandis que Madeleine et Choubert restent debout, à ses côtés. Le Policier pose sa serviette sur la table, la déplie. Il sort un grand étui à cigarettes de sa poche, n'en offre pas à* 10 *ses hôtes, en allume une sans se presser, croise ses jambes, aspire une nouvelle bouffée, puis:*) Vous avez donc connu les Mallot?

Il a prononcé cette phrase en levant les yeux d'abord sur Madeleine, puis sur Choubert qu'il fixe plus longuement.

CHOUBERT, *un peu intrigué:* Non. Je ne les ai pas connus. 15

LE POLICIER: Alors comment savez-vous que leur nom prend un *t* à la fin?

CHOUBERT, *très surpris:* Ah, oui, c'est juste... Comment je le sais? Comment je le sais?... Comment je le sais?... Je ne sais pas comment je le sais! 20

MADELEINE, *à Choubert:* Tu es extraordinaire! Réponds. Quand nous sommes seuls, tu n'as pas la langue dans la poche. Tu parles vite, tu parles trop, tu as des violences de langage, tu cries. (*Au Policier.*) Vous ne le connaissez pas sous cet aspect. Oh, il est bien plus déluré que ça, dans l'intimité. 25

LE POLICIER: J'en prends note.

MADELEINE, *au Policier:* Pourtant, je l'aime bien. C'est mon mari, n'est-ce pas? (*A Choubert.*) Allons, voyons, avons-nous connu les Mallot ou pas! Parle? Fais un effort, souviens-toi...

CHOUBERT, *après un effort muet de mémoire de quelques instants* 30 *qui mécontente visiblement Madeleine, tandis que la figure du Policier demeure impassible:* Je ne peux pas me rappeler! Les ai-je connus ou non!

gêner   serrer, incommoder, empêcher de parler

ceinture (f.)   bande portée autour du milieu du corps

lacet (m.)   cordon pour attacher les souliers

serrer   presser fortement

se basculer   se mouvoir alternativement d'un côté et de l'autre; se balancer, osciller

C'est bien ainsi qu'elle s'appelle?   c'est-à-dire: Elle s'appelle Madeleine, n'est-ce pas?

Ne vous en faites pas   Ne vous inquiétez pas

calva (m.)   eau-de-vie de cidre; liqueur alcoolique très forte

moulin à café (m.)   machine à pulvériser les grains de café

provenant de   venant de

coulisses (f. pl.)   partie du théâtre qui est cachée aux yeux des spectateurs; les coulisses sont situées sur les côtés et en arrière de la scène

LE POLICIER, *à Madeleine:* Enlevez-lui la cravate, Madame, ça le gêne peut-être. Ça ira mieux après.

CHOUBERT, *au Policier:* Merci, Monsieur. (*A Madeleine qui lui retire sa cravate.*) Merci, Madeleine.

LE POLICIER, *à Madeleine:* La ceinture aussi, ses lacets! 5

> *Madeleine les lui enlève.*

CHOUBERT, *au Policier:* Ça me serrait trop, Monsieur, vous êtes bien aimable.

LE POLICIER, *à Choubert:* Alors, Monsieur!

MADELEINE, *à Choubert:* Alors? 10

CHOUBERT: Je respire beaucoup mieux. Je me sens plus libre dans mes mouvements. Mais je ne peux toujours pas me rappeler.

LE POLICIER, *à Choubert:* Voyons, mon vieux, vous n'êtes plus un enfant.

MADELEINE, *à Choubert:* Voyons, tu n'es plus un enfant. Tu en- 15 tends ce qu'on te dit?... Tu me désespères!

LE POLICIER, *se basculant sur sa chaise, à Madeleine:* Voulez-vous me donner du café?

MADELEINE: Avec plaisir, cher Monsieur, je vais vous en préparer. Attention, ne vous balancez pas, vous pourriez tomber. 20

LE POLICIER, *continuant de se balancer sur sa chaise:* Ne vous en faites pas, Madeleine. (*Avec un sourire ambigu à Choubert.*) C'est bien ainsi qu'elle s'appelle? (*A Madeleine.*) Ne vous en faites pas, Madeleine, j'ai l'habitude... Bien fort le café, bien sucré! 25

MADELEINE: Trois morceaux de sucre?

LE POLICIER: Douze morceaux! Et un calva, un grand.

MADELEINE: Bien, Monsieur.

> *Madeleine quitte la pièce par la porte de gauche. On entendra le bruit du moulin à café provenant des coulisses, très fort au* 30 *début, jusqu'à couvrir presque les voix du Policier et de Choubert, puis de plus en plus faible.*

vous êtes acquis vous croyez

Il ne s'agit pas de cela Il n'est pas question de cela

tendre (quelque chose à quelqu'un) présenter (quelque chose à quelqu'un)

tâcher essayer

surgir apparaître, se manifester

tel que le décrit Choubert conforme à la description que Choubert va faire

prêter attention observer avec attention

obscurité (f.) absence de lumière

dès que aussitôt que

éclairé illuminé

une cinquantaine de environ cinquante

poitrine (f.) partie du corps entre le cou et l'abdomen

s'éteint cesse de briller

CHOUBERT: Ainsi donc, Monsieur, vous êtes bien comme moi un
partisan convaincu du «détachement-système» en politique et
mystique? Je suis heureux de savoir que, sur le plan artistique,
nous avons encore les mêmes goûts puisque vous êtes acquis aux
principes d'un art dramatique révolutionnaire!   5

LE POLICIER: Il ne s'agit pas de cela pour le moment! (*Le Policier
sort une photo de sa poche, la tend à Choubert.*) Tâche de te
rafraîchir la mémoire, regarde la photo, est-ce bien Mallot?
(*Le ton du Policier devient de plus en plus dur; au bout d'un
instant:*) Est-ce bien Mallot?   10

   *Un réflecteur doit soudain faire surgir de l'ombre, à l'extrême
gauche de l'avant-scène, un grand portrait que l'on ne pouvait
voir sans projecteur et qui représente, d'une façon assez approxi-
mative, un homme tel que le décrit Choubert d'après la photo
qu'il contemple, dans sa main; les personnages ne prêtent, na-   15
turellement, aucune attention—ils font comme s'ils ne savaient
pas qu'il est là—au portrait illuminé qui, de nouveau, disparaîtra
dans l'obscurité, dès qu'on en aura fait la description; peut-être
serait-il préférable de remplacer le portrait éclairé par un acteur
debout, immobile, à l'extrême gauche de l'avant-scène et ré-   20
pondant au même signalement; peut-être encore pourrait-on
avoir, à la fois, le portrait et l'acteur aux deux extrémités de
l'avant-scène.*

CHOUBERT, *après avoir fixé, avec beaucoup d'attention, la photo,
un long moment, tout en décrivant la figure de l'homme:* C'est   25
un homme d'une cinquantaine d'années... oui... je vois... Il ne
s'était pas rasé depuis plusieurs jours... Il a, sur la poitrine, une
plaque portant le numéro 58.614... Oui, c'est bien 58.614...

   *Le réflecteur s'éteint, on ne voit plus le personnage ou le por-
trait de l'avant-scène.*   30

LE POLICIER: Est-ce bien Mallot? Je suis très patient.

Principal!   (le policier insiste sur son titre complet)

se rendre compte de   discerner, identifier, prendre conscience de

col (m.)   partie du vêtement qui entoure le cou («col de chemise»)

déchiré   mis en pièces

meurtri   couvert de blessures, écrasé

enflé   gonflé. Ex. enflé comme un ballon

choir   tomber

témoin (m.)   personne qui certifie; personne qui en assiste une autre dans l'accomplissement d'un acte. Ex. témoin à un mariage

crépuscule (m.)   lumière incertaine qui suit le coucher du soleil à la nuit tombante

rocher (m.)   roc élevé

moudre   mettre en poudre

donnant un coup de poing (m.)   frappant brusquement de la main fermée

ça ne te regarde pas   cela ne te concerne pas

CHOUBERT, *au bout d'un autre moment de silence:* Vous savez, Monsieur l'Inspecteur, je...

LE POLICIER: Principal!

CHOUBERT: Pardon, vous savez, Monsieur l'Inspecteur principal, je ne puis m'en rendre compte. Comme ça, sans cravate, le col 5 déchiré, la figure toute meurtrie, enflée, comment le reconnaître?... Il me semble, cependant, oui, il me semble bien que ça pourrait être lui... oui, oui... ça doit être lui...

LE POLICIER: Quand l'as-tu connu et qu'est-ce qu'il te racontait?

CHOUBERT, *se laissant choir sur sa chaise:* Excusez-moi, Monsieur 10 l'Inspecteur principal, je suis terriblement fatigué!...

LE POLICIER: Je te demande: quand l'as-tu connu et qu'est-ce qu'il te racontait?

CHOUBERT: Quand est-ce que je l'ai connu? (*Il prend sa tête dans ses mains.*) Qu'est-ce qu'il me racontait? Qu'est-ce qu'il me ra- 15 contait? Qu'est-ce qu'il me racontait?

LE POLICIER: Réponds!

CHOUBERT: Qu'est-ce qu'il me racontait?... Qu'est-ce qu'il... Mais quand ai-je bien pu faire sa connaissance?... quand est-ce que je l'ai vu la première fois? Quand l'ai-je vu la dernière fois? 20

LE POLICIER: Ce n'est pas à moi de donner la réponse.

CHOUBERT: Où était-ce? Où?... où?... Dans le jardin?... La maison de mon enfance?... L'école?... Au régiment?... Le jour de son mariage?... De mon mariage?... Ai-je été son témoin?... A-t-il été mon témoin?... Non. 25

LE POLICIER: Tu ne veux pas te rappeler?

CHOUBERT: Je ne peux pas... Je me souviens, pourtant... un endroit au bord de la mer, au crépuscule, il faisait humide, il y a longtemps, des rochers sombres... (*Tournant la tête du côté où est sortie Madeleine.*) Madeleine! le café de Monsieur l'Inspecteur 30 principal.

MADELEINE, *entrant:* Le café peut se moudre tout seul.

CHOUBERT, *à Madeleine:* Voyons, Madeleine, tu devrais t'en occuper.

LE POLICIER, *donnant un coup de poing sur la table:* Tu es bien 35 gentil, mais ça ne te regarde pas. Occupe-toi de tes affaires. Tu

se taire garder le silence
voyons donc

me parlais d'un endroit au bord de la mer... (*Choubert se tait.*)
Est-ce que tu m'entends?

MADELEINE, *impressionnée, mélange de crainte et d'admiration, par
le geste et l'autorité du Policier, à Choubert:* Le monsieur te demande si tu l'entends? Réponds, voyons.   5

CHOUBERT: Oui, Monsieur.

LE POLICIER: Alors? alors?

CHOUBERT: Oui, j'ai dû le connaître à cet endroit. Nous devions
être tout jeunes!...

Questions

1   Quelles sont les théories de Choubert sur le théâtre?
2   Quels renseignements le policier est-il venu chercher?
3   En quoi le comportement du policier a-t-il changé après son entrée?
4   Ce changement a-t-il été préparé psychologiquement?
5   Citez quelques phrases du dialogue qui montrent l'attitude de Madeleine envers le policier.
6   ... de Madeleine envers Choubert.
7   ... de Choubert envers le policier.
8   ... du policier envers Madeleine.
9   ... du policier envers Choubert.
10   Pourquoi l'auteur fait-il dire au policier: «Enlevez-lui la cravate... la ceinture aussi, ses lacets!»?
11   Décrivez Mallot.
12   Relevez les répliques illogiques de cette partie.
13   Relevez-en les lieux communs (clichés).
14   La discussion à propos du journal (p. 23) est la parodie d'une vraie conversation. Pourriez-vous la remplacer par des répliques logiques?
15   Le point de vue de Madeleine est-il conservateur ou libéral? Expliquez.
16   A votre avis, que signifie le «détachement-système?»

72   EUGENE IONESCO

changer d'allure   changer d'aspect ou de comportement, se trans-
    former, changer la manière dont on se conduit
bistrot (m.)   café
ivrogne (m.)   grand buveur; personne qui s'enivre souvent
ça se dit   il dit qu'il est
Tout en bas   *All the way down*
durement   d'une manière brutale, impitoyable
enlacer   serrer dans ses bras
s'est mise   s'est placée
fléchir   courber, plier
raide   rigide
mouillé   trempé d'eau. Ex. On est mouillé quand il pleut
rampe (f.)   balustrade d'un escalier
s'appuie sur   utilise comme soutien

Madeleine, qui, en revenant, avait déjà changé d'allure et même de voix, laisse tomber sa vieille robe et apparaît dans une robe décolletée; elle est une autre, sa voix aussi a changé; elle est devenue tendre et mélodieuse.

CHOUBERT: Non, non, je ne le vois pas là... 5

LE POLICIER: Tu ne le vois pas là! tu ne le vois pas là! Voyez-vous ça! Mais où alors? Dans les bistrots? Ivrogne! Et ça se dit un homme marié!

CHOUBERT: En y réfléchissant bien, je suppose que Mallot avec un *t* doit se trouver en bas, tout en bas... 10

LE POLICIER: Descends donc.

MADELEINE, *de sa voix mélodieuse:* Tout en bas, tout en bas, tout en bas, tout en bas...

CHOUBERT: Il doit y faire sombre, on n'y verra rien.

LE POLICIER: Je te dirigerai. Tu n'auras qu'à suivre mes conseils: 15 ce n'est pas difficile, tu n'as qu'à te laisser glisser.

CHOUBERT: Oh! je suis déjà bien bas.

LE POLICIER, *durement:* Pas assez!

MADELEINE: Pas assez, chéri, mon amour, pas assez! (*Elle enlace Choubert d'une façon langoureuse, presque obscène; puis elle* 20 *s'est mise à genoux devant lui, l'oblige à fléchir les genoux.*) Ne tiens pas les jambes raides! attention, ne glisse pas! les marches sont mouillées... (*Madeleine s'est relevée.*) Tiens bien la rampe... Descends... descends... si tu me veux!

Choubert s'appuie sur le bras de Madeleine, comme si c'était 25

lubrique   érotique, sensuelle
à reculons   allant en arrière, reculant
coucou   cri des enfants qui jouent à cache-cache: *peekaboo!*
s'allonger   s'étendre, se coucher
tendus   avancés, ouverts (comme pour embrasser)
agaçant   provocant, irritant
étouffé   faible, sourd
s'enfoncer   pénétrer profondément

une rampe d'escalier; il fait comme s'il descendait des marches;
Madeleine retire son bras, Choubert ne s'en aperçoit pas, il con-
tinue de s'appuyer sur une rampe imaginaire; il descend les
marches, vers Madeleine. L'expression de sa figure est lubrique;
soudain, il s'arrête, tend un bras, regarde le plancher, puis autour 5
de lui.

CHOUBERT: Ça doit être là.

LE POLICIER: Pour le moment.

CHOUBERT: Madeleine!

MADELEINE, *à reculons va vers le canapé tout en disant, mélo-* 10
dieusement: Je suis là... je suis là... Descends... Une marche...
Un pas... une marche... un pas... une marche... un pas... une
marche... un pas... une marche... Coucou... coucou... (*Elle*
s'allonge sur le canapé.) Chéri...

    Choubert va vers elle en riant nerveusement. Quelques instants, 15
Madeleine, sur le canapé, souriante, érotique, les bras tendus
vers Choubert, chante:

MADELEINE: La, la la la la...

    Choubert tout près du canapé, debout, a les bras tendus vers
Madeleine comme si celle-ci était encore très loin; il rit, du 20
même rire étrange, se balance légèrement sur place; la scène dure
quelques secondes, pendant lesquelles Madeleine interrompt son
chant, par des rires agaçants, tandis que Choubert l'appelle,
d'une voix étouffée:

CHOUBERT: Madeleine! Madeleine! je viens... C'est moi, Madeleine! 25
c'est moi... tout de suite... tout de suite...

LE POLICIER: Il a bien descendu les premières marches. Il faut qu'il
s'enfonce maintenant. Ça va jusqu'à présent.

    L'intervention du Policier interrompt cette scène érotique;
Madeleine se relève, elle conservera encore un certain temps sa 30

acariâtre   d'un caractère désagréable, acrimonieux

écarquiller   ouvrir tout grand (les yeux)

boue (f.)   terre mélangée avec de l'eau

coller   adhérer. Ex. ce timbre est bien collé sur l'enveloppe.

semelle (f.)   la partie inférieure du soulier

déboucher   passer dans un lieu plus ouvert

somnambulique   automatique, hypnotique (comme quelqu'un qui marche en dormant)

châle (f.)   grande pièce de laine que les femmes portent sur leurs épaules

se voûter   avoir le dos courbé (sous le poids des années)

secouer   mouvoir brusquement

sanglot (m.)   contraction qui se produit quand on pleure. Ex. Étant au désespoir, elle éclata en sanglots.

douloureux   triste

On ne s'en était pas aperçus   Nous ne l'avions pas remarqué

défraîchi   qui a perdu sa fraîcheur

voix mélodieuse, avec de moins en moins de sensualité, jusqu'à devenir de nouveau, parfois, plus tard, acariâtre comme tout à l'heure. Madeleine, après s'être levée, se dirigera vers le fond de la scène en se rapprochant toutefois, un peu, du Policier; Chou-bert laisse tomber les bras le long de son corps et, la figure 5 inexpressive, marche lentement, d'un pas d'automate, en direction du Policier.

Le Policier, *à Choubert:* Tu dois descendre encore.

Madeleine, *à Choubert:* Descends, mon amour, descends... descends... descends...
                                                                          10
Choubert: Il fait sombre.

Le Policier: Pense à Mallot, écarquille les yeux. Cherche Mallot...

Madeleine (*presque chanté*): Cherche Mallot, Mallot, Mallot...

Choubert: Je marche dans la boue. Elle colle à mes semelles...
Comme mes pieds sont lourds! J'ai peur de glisser.   15

Le Policier: N'aie pas peur. Descends, débouche, tourne à droite,
tourne à gauche.

Madeleine, *à Choubert:* Descends, descends, chéri, mon chéri,
descends bien...

Le Policier: Descends, droite, gauche, droite, gauche. (*Choubert* 20
*se laisse guider par les paroles du Policier et poursuit sa dé-
marche somnambulique. Pendant ce temps, Madeleine tourne
le dos à la salle, a jeté un châle sur ses épaules; elle s'est voûtée
brusquement, de dos elle a l'air très vieille. Ses épaules sont se-
couées par des sanglots muets.*) Droit devant toi...   25

*Choubert se tourne vers Madeleine et lui parle. Il a une ex-
pression douloureuse, les mains jointes.*

Choubert: Est-ce bien toi, Madeleine? est-ce bien toi, Madeleine?
Quel malheur! Comment cela est-il arrivé? Comment est-ce possible? On ne s'en était pas aperçus... Pauvre petite vieille, pauvre 30
poupée défraîchie, c'est toi pourtant. Comme tu as changé! Mais
quand cela est-il arrivé? Comment n'a-t-on pas empêché? Ce
matin, il y avait des fleurs sur notre chemin. Le soleil remplissait

tombeau (m.) lieu où l'on enterre un mort (tombe)

être dépouillé perdre tous ses biens, être volé

jurer attester, faire serment. Ex. Il jura de dire la vérité.

vieillie rendue vieille

tu fais semblant *you're making believe*

notre jeunesse, sur la route notre jeunesse perdue au cours des années

primevère (f.) fleur jaune qui fleurit au printemps

ride (m.) petit pli de la peau du visage (qui est ordinairement l'effet de l'âge)

printanier de printemps

a sombré a été inondé

larme (f.) liquide qui coule de l'œil quand on pleure. Ex. Elle pleure à chaudes larmes.

source (f.) eau qui sort de la terre (peut aussi signifier «origine»)

fleurissent s'ouvrent, poussent

s'attarder aller trop lentement, se mettre en retard

feuillage (m.) les feuilles d'un arbre ou d'une grande plante

le ciel. Ton rire était clair. Nous avions des vêtements tout neufs,
nous étions entourés d'amis. Personne n'était mort, tu n'avais
encore jamais pleuré. L'hiver est venu brusquement. Notre route
est déserte. Où sont-ils les autres? Dans les tombeaux, au bord
de la route. Je veux notre joie, nous avons été volés, nous avons 5
été dépouillés. Hélas! hélas, retrouverons-nous la lumière bleue.
Madeleine, crois-moi, je te jure ce n'est pas moi qui t'ai vieillie!
Non... je ne veux pas, je ne crois pas, l'amour est toujours jeune,
l'amour ne meurt jamais. Je n'ai pas changé. Toi non plus, tu
fais semblant. Oh pourtant si, je ne puis me mentir, tu es vieille, 10
comme tu es vieille! Qui t'a fait vieillir? Vieille, vieille, vieille,
vieille, petite vieille, poupée vieille. Notre jeunesse, sur la route.
Madeleine, ma petite fille, je t'achèterai une robe neuve, des bi-
joux, des primevères. Ton visage retrouvera sa fraîcheur, je veux,
je t'aime, je veux, je t'en supplie, quand on aime on ne vieillit 15
pas. Je t'aime, rajeunis, jette ton masque, regarde-moi dans les
yeux. Il faut rire, ris, ma petite fille, pour effacer les rides. Oh!
si nous pouvions courir en chantant. Je suis jeune. Nous sommes
jeunes.

Tournant le dos à la salle, il prend Madeleine par la main et 20
d'une très vieille voix, en faisant semblant de courir, ils chantent
tous les deux. Leurs voix sont cassées, mêlées de sanglots.

CHOUBERT, *accompagné vaguement par Madeleine:* Les sources
printanières... Les feuilles nouvelles... Le jardin enchanté a sombré dans la nuit, a glissé dans la boue... Notre amour dans la 25
nuit, notre amour dans la boue, dans la nuit, dans la boue... Notre
jeunesse perdue, les larmes deviennent des sources pures... des
sources de vie, des sources immortelles... Les fleurs fleurissent-
elles dans la boue...

LE POLICIER: Ce n'est pas ça, ce n'est pas ça. Tu perds ton temps, 30
tu oublies Mallot, tu t'arrêtes, tu t'attardes, paresseux... et tu n'es
pas dans la bonne direction. Si tu ne vois pas Mallot dans les
feuillages ou dans l'eau des sources, ne t'arrête pas, continue.
Nous n'avons pas le temps. Lui, pendant ce temps-là, il court qui

tu t'attendris tu es ému

j'ai beau (faire quelque chose) Je m'efforce en vain de (faire quelque chose)

étendre allonger devant soi; *extend*

tâtonner chercher en touchant les objets autour de soi, pour trouver quelque chose dans l'obscurité

aie (impér. d'**avoir**)

obstrué bloqué. Ex. La route est obstruée par les voitures.

sur place à l'endroit même, sans bouger

sait où. Toi tu t'attendris, tu t'attendris sur toi-même et tu t'arrêtes, il ne faut jamais s'attendrir, il ne faut pas t'arrêter. (*Pendant les premiers mots prononcés par le Policier, Madeleine et Choubert ont petit à petit cessé de chanter. A Madeleine qui s'est retournée et s'est redressée:*) Dès qu'il s'attendrit, il s'arrête. 5

CHOUBERT: Je ne m'attendrirai plus, Monsieur l'Inspecteur principal.

LE POLICIER: C'est ce que nous verrons. Descends, tourne, descends, tourne.

Choubert a repris sa marche et Madeleine est redevenue ce 10 *qu'elle était avant la scène précédente.*

CHOUBERT: Suis-je descendu assez bas, Monsieur l'Inspecteur principal?

LE POLICIER: Pas encore. Descends toujours.

MADELEINE: Courage. 15

CHOUBERT (*il a les yeux fermés, les bras tendus*): Je tombe, je me relève, je tombe, je me relève...

LE POLICIER: Ne te relève plus.

MADELEINE: Ne te relève plus, mon chéri.

LE POLICIER: Cherche Mallot, Mallot avec un *t.* Vois-tu Mallot? 20 Vois-tu Mallot?... T'en approches-tu?

MADELEINE: Mallot... Mallo-o-o-o...

CHOUBERT, *toujours les yeux fermés:* J'ai beau écarquiller les yeux...

LE POLICIER: Je ne te demande pas de lire avec les yeux.

MADELEINE: Descends, laisse-toi glisser, chéri. 25

LE POLICIER: Il s'agit de le toucher, de le saisir, étends tes bras, tâtonne... tâtonne... Ne crains rien...

CHOUBERT: Je cherche...

LE POLICIER: Il n'est même pas à mille mètres sous les mers.

MADELEINE: Descends, voyons, n'aie pas peur. 30

CHOUBERT: Le tunnel est obstrué.

LE POLICIER: Descends sur place.

MADELEINE: Enfonce-toi, mon chéri.

LE POLICIER: Peux-tu encore parler?

menton (m.)   partie du visage qui est au-dessous de la bouche
épaisseur (f.)   profondeur
grognement (m.)   murmure de mécontentement, plainte
enfouis-toi   plonge
noyade (f.)   mort accidentelle par immersion dans l'eau
cil (m.)   poil des paupières
dur d'oreille   un peu sourd
défais tes doigts   ouvre tes mains
atteins   arrive jusqu'à
à tout prix   n'importe comment, quoiqu'il puisse en coûter
du fond   de la profondeur

CHOUBERT: La boue m'arrive au menton.

LE POLICIER: Pas assez. Ne crains pas la boue. Tu es encore loin de Mallot.

MADELEINE: Enfonce-toi, chéri, dans l'épaisseur.

LE POLICIER: Enfonce ton menton, c'est ça... la bouche... 5

MADELEINE: Aussi la bouche. (*Choubert pousse des grognements étouffés.*) Allons, enfouis-toi... plus bas, plus bas, toujours...

> *Grognements de Choubert.*

LE POLICIER: Le nez...

MADELEINE: Le nez... 10

> *Pendant ce temps, jeu de Choubert mimant comme une descente au fond des eaux, la noyade.*

LE POLICIER: Les yeux...

MADELEINE: Il a ouvert un œil dans la boue... Un cil dépasse... (*A Choubert.*) Baisse davantage ton front, mon amour. 15

LE POLICIER: Crie donc plus fort, il n'entend pas...

MADELEINE, *à Choubert, très fort:* Baisse davantage ton front, mon amour!... Descends! (*Au Policier.*) Il a toujours été dur d'oreille.

LE POLICIER: On voit encore percer le bout de son oreille.

MADELEINE, *criant, à Choubert:* Chéri... Plonge ton oreille! 20

LE POLICIER, *à Madeleine:* On voit ses cheveux.

MADELEINE, *à Choubert:* Tu laisses encore voir tes cheveux... Descends donc. Étends les bras dans la boue, défais tes doigts, nage dans l'épaisseur, atteins Mallot, à tout prix... Descends... Descends... 25

LE POLICIER: Il faut avoir du fond. Bien sûr. Ta femme a raison. C'est dans la profondeur que tu peux trouver Mallot.

> *Silence. Choubert est vraiment bien bas. Il avance avec peine, les yeux fermés, comme au fond de l'eau.*

MADELEINE: On ne l'entend plus. 30

Il a ... son. Il a atteint une vitesse supersonique.

jérémiade (f.) plainte sans fin

trésor (m.) chéri

Ça Il

étreinte (f.) embrassement, enlacement

gémissement (m.) expression vocale de la douleur, lamentation

LE POLICIER: Il a dépassé le mur du son.

Obscurité. On entend les voix des personnages, on ne les aperçoit plus pour l'instant.

MADELEINE: Oh! Pauvre chéri, j'ai peur pour lui. Je n'entendrai plus sa voix adorée... 5

LE POLICIER, *à Madeleine, durement:* Sa voix nous reviendra, ne complique pas la situation par tes jérémiades.

Lumière. Sur la scène il n'y a que Madeleine et le Policier.

MADELEINE: On ne le voit plus.

LE POLICIER: Il a dépassé le mur optique. 10

MADELEINE: Il est en danger! Il est en danger! Je n'aurais pas dû me prêter à ce jeu.

LE POLICIER: Il te reviendra, Madeleine, ton trésor, peut-être avec du retard, mais il te reviendra sûrement. Il n'a pas fini de nous en faire voir. Ça a la peau dure. 15

MADELEINE, *pleurant:* Je n'aurais pas dû. J'ai mal fait. Dans quel état doit-il être! mon pauvre chéri...

LE POLICIER, *à Madeleine:* Tais-toi, Madeleine! Que crains-tu, tu es avec moi... Nous sommes seuls tous les deux, ma beauté.

Il enlace vaguement Madeleine, puis il défait son étreinte. 20

MADELEINE, *pleurant:* Qu'avons-nous fait! Mais il le fallait, n'est-ce pas? Tout ceci est légal?

LE POLICIER: Mais oui, bien sûr, ne crains rien. Il te reviendra. Courage. Moi aussi je l'aime bien.

MADELEINE: C'est vrai? 25

LE POLICIER: Il nous reviendra, par un détour... Il revivra en nous... (*Gémissements venant des coulisses.*) Tu entends... Sa respiration...

MADELEINE: Oui, sa respiration adorée.

ignoble dégoûtant

supporter tolérer, accepter

débarasser, se débarasser de enlever ce qui est une gêne; se défaire de, quitter

se passer de vivre sans

sangloter pleurer en poussant des sanglots

de coutume d'ordinaire

impuissant sans forces

se tordant se serrant convulsivement, se pliant

tout au plus au maximum, au plus

balbutier articuler d'une manière imparfaite

hors d'elle très agitée

corsage (m.) blouse

Obscurité. Lumière. Choubert traverse la scène d'un bout à l'autre. Les deux autres personnages n'y sont plus.

CHOUBERT: J'aperçois... j'aperçois...

Ses paroles sont étouffées par des gémissements. Il sort par la droite, tandis que Madeleine et le Policier rentrent par la gauche. 5 *Ces deux derniers se sont transformés. Ils sont devenus deux personnages différents qui jouent la scène suivante:*

MADELEINE: Tu es un être ignoble! Tu m'as humiliée, tu m'as torturée toute une vie. Tu m'as défigurée moralement. Tu m'as vieillie. Tu m'as détruite. Je ne te supporterai plus. 10

LE POLICIER: Et qu'est-ce que tu comptes faire?

MADELEINE: Je me tuerai, je m'empoisonnerai.

LE POLICIER: Tu es libre. Je ne t'en empêcherai pas.

MADELEINE: Tu seras bien débarrassé, tu seras content! N'est-ce pas, tu veux te débarrasser de moi! Je le sais! Je le sais. 15

LE POLICIER: Je ne veux pas me débarrasser de toi à n'importe quel prix! Mais je peux facilement me passer de toi. Et de tes jérémiades. Tu es ennuyeuse, voilà. Tu ne comprends rien à la vie, tu ennuies tout le monde.

MADELEINE, *sanglote:* Monstre! 20

LE POLICIER: Ne pleure pas, ça te rend encore plus laide que de coutume!...

Choubert est réapparu et, de loin, sans dire un mot, comme impuissant, il assiste à la scène en se tordant les mains; tout au plus peut-on l'entendre balbutier: «Père, mère, père, mère...» 25

MADELEINE, *hors d'elle:* C'est trop. Je n'en supporterai pas plus.

Elle sort un petit flacon de son corsage, le porte à ses lèvres.

LE POLICIER: Tu es folle, tu ne vas pas faire ça! Ne fais pas ça!

avaler boire
longer marcher le long de
les pans des murs (m.) surface des murs
s'éteignent cessent d'éclairer
lucarne (f.) ouverture dans le toit d'une maison donnant de la
  lumière (*skylight; dormer*)
s'est fondue a disparu
poussin (m.) terme d'affection (littéralement: jeune poulet)
souffle (m.) respiration

Le Policier se dirige vers Madeleine, la prend par le bras pour l'empêcher d'avaler le poison, puis, soudain, tandis que l'expression de son visage change, c'est lui qui la force à boire.

Choubert pousse un cri. Noir. De nouveau lumière. Il est seul sur scène.

CHOUBERT: J'ai huit ans, c'est le soir. Ma mère me tient par la main, c'est la rue Blomet après le bombardement. Nous longeons des ruines. J'ai peur. La main de ma mère tremble dans ma main. Des silhouettes surgissent entre les pans des murs. Seuls leurs yeux éclairent dans l'ombre.

Madeleine fait son apparition, silencieusement. Elle se dirige vers Choubert. Elle est sa mère.

LE POLICIER (*apparaît à l'autre bout de la scène, il approchera pas à pas très lentement*): Parmi ces silhouettes, regarde, il y a peut-être celle de Mallot...

CHOUBERT: Leurs yeux s'éteignent... Tout rentre dans la nuit, sauf une lucarne lointaine. Il fait tellement sombre que je ne vois plus ma mère. Sa main s'est fondue. J'entends sa voix.

LE POLICIER: Elle doit te parler de Mallot.

CHOUBERT: Elle dit, tristement, tristement: tu auras à verser beaucoup de larmes, je vais te quitter, mon enfant, mon poussin...

MADELEINE, *avec beaucoup de tendresse dans la voix:* Mon enfant, mon poussin...

CHOUBERT: Je vais être seul dans la nuit, dans la boue...

MADELEINE: Mon pauvre enfant, dans la nuit, dans la boue, tout seul, mon poussin...

CHOUBERT: Seule sa voix, un souffle, me dirige. Elle dit...

MADELEINE: Il faudra pardonner, mon enfant, c'est cela le plus dur...

CHOUBERT: C'est cela le plus dur.

MADELEINE: C'est cela le plus dur.

CHOUBERT: Elle dit encore...

MADELEINE: ... Le temps des larmes viendra, le temps des remords,

la pénitence, il faut être bon, tu souffriras si tu n'es pas bon, si tu ne pardonnes pas. Quand tu le verras, obéis-lui, embrasse-le, pardonne-lui.

Madeleine sort silencieusement.

Questions

1 Après son retour de la cuisine, Madeleine devient une tout autre femme. En quoi est-elle différente?

2 Après la scène érotique, que devient Madeleine?

3 Quels sont les sentiments de Choubert envers sa vieille femme? Est-il optimiste ou pessimiste au sujet de leur amour? (référez-vous à son monologue, p. 53–55.)

4 Décrivez la réaction de Madeleine quand Choubert disparaît tout entier dans la boue.

5 Que deviennent Madeleine et le policier à la page 63? Racontez cette scène.

6 Quand Choubert devient un enfant de huit ans, quel rôle Madeleine adopte-t-elle?

7 A la fin de cette scène entre Madeleine et Choubert, Madeleine dit, «Quand tu le verras, obéis-lui, embrasse-le, pardonne-lui.» De qui parle-t-elle?

8 A votre avis, ce changement est-il logique? Pouvez-vous en donner une explication psychologique ou esthétique?

EUGENE IONESCO
72

s'est tue   (participe passé de **se taire**)

Je haïssais   Je détestais

mépris (m.)   dédain, manque d'estime

venger   punir l'offenseur (de), tirer vengeance. Ex. Vengez mon
    honneur!

Elle   Ma mère

A quoi sert la vengeance?   A quoi la vengeance est-elle utile?

Découvre   Ôte tes mains de

de bons copains   de bons amis

qu'est-ce que ça peut faire?   ça ne fait rien

mépriser   dédaigner

Je ne vaux pas mieux   Je n'ai pas plus de mérite

impitoyable   sans pitié

Choubert se trouve devant le Policier qui, face au public, assis à la table, tient sa tête entre les mains et demeure ainsi, immobile.

CHOUBERT: La voix s'est tue. (*Choubert s'adresse au Policier:*) Père, nous ne nous sommes jamais compris... Peux-tu encore 5 m'entendre? Je t'obéirai, pardonne-nous, nous t'avons pardonné... Montre ton visage! (*Le Policier ne bouge pas.*) Tu étais dur, tu n'étais peut-être pas trop méchant. Ce n'est peut-être pas ta faute. Ce n'est pas toi. Je haïssais ta violence, ton égoïsme. Je n'ai pas eu de pitié pour tes faiblesses. Tu me frappais. Mais j'ai 10 été plus dur que toi. Mon mépris t'a frappé beaucoup plus fort. C'est mon mépris qui t'a tué. N'est-ce pas? Ecoute... Je devais venger ma mère... Je le devais... Où était mon devoir?... Le devais-je vraiment?... Elle a pardonné, mais moi j'ai continué d'assumer sa vengeance... A quoi sert la vengeance? C'est tou- 15 jours le vengeur qui souffre... M'entends-tu? Découvre ton visage. Donne-moi la main. Nous aurions pu être de bons copains. J'ai été bien plus méchant que toi. Tu étais bourgeois, qu'est-ce que ça peut faire? J'ai eu tort de te mépriser. Je ne vaux pas mieux que toi. De quel droit t'avoir puni? (*Le Policier ne bouge tou-* 20 *jours pas.*) Faisons la paix! Faisons la paix! Donne-moi la main! Allons, viens avec moi, on va retrouver les camarades! Nous boirons ensemble. Regarde-moi, regarde. Je te ressemble. Tu ne veux pas... Si tu voulais me regarder, tu verrais comme je te ressemble. J'ai tous tes défauts. (*Silence. La position du Policier* 25 *reste inchangée.*) Qui aura pitié de moi, l'impitoyable! Même si

Cependant pendant

enregistré *recorded*

en provenance de venant de

tant que aussi longtemps que

errer voyager sans but

vêtu habillé

faisaient faillite faisaient banqueroute

périssaient mouraient

déshonorantes (sans doute vénériennes)

Je n'essuyais que des déboires. Je ne subissais que des échecs.

fus (p. simple d'**être**)

peuplade (f.) horde, tribu, groupement

vieillard (m.) vieil homme

banlieue (f.) territoire autour d'une ville, environs

de fond en comble complètement

exécrer abhorrer, détester

Il n'en existe pas. Il n'y a pas d'autres univers.

naquis (p. simple de **naître**)

tu me pardonnais, jamais je ne pourrais me pardonner à moi-même!

Cependant que l'attitude du Policier reste inchangée, la voix du Policier, enregistrée sur disque, se fait entendre, en provenance d'un coin opposé de la scène; Choubert, immobile, reste 5 les bras le long du corps tant que dure le monologue qui suit; Choubert est sans expression, avec, de temps à autre, de courts réveils désespérés.[1]

VOIX DU POLICIER: Mon enfant, je représentais des maisons de commerce. Mon métier m'obligeait d'errer sur toute la terre. 10 Hélas, je me trouvais toujours, d'octobre à mars dans l'hémisphère nord, d'avril à septembre dans l'hémisphère sud, si bien qu'il n'y avait, dans ma vie, que des hivers. J'étais misérablement payé, mal vêtu, ma santé était mauvaise. Je vivais en état de colère perpétuelle. Mes ennemis devenaient de plus en plus 15 puissants, de plus en plus riches. Mes protecteurs faisaient faillite, puis périssaient, emportés, les uns après les autres, par des maladies déshonorantes ou des accidents ridicules. Je n'essuyais que des déboires. Le bien que je faisais se changeait en mal, le mal que l'on me faisait ne se changeait pas en bien. Ensuite, je 20 fus soldat. Je fus obligé, par ordre, de participer au massacre de dizaines de milliers de soldats ennemis, de peuplades de femmes, de vieillards, d'enfants. Puis ma ville natale et toute sa banlieue furent détruites de fond en comble. Dans la paix, la misère continua, j'avais horreur de l'homme. Je projetais des vengeances 25 horribles. J'exécrais la terre, le soleil, ses satellites. J'aurais voulu m'exiler dans un autre univers. Il n'en existe pas.

CHOUBERT, *dans la même position:* Il ne veut pas me regarder... Il ne veut pas me parler...

VOIX DU POLICIER,[2] *tandis que le Policier lui-même est toujours* 30 *dans la même attitude:* Tu naquis, mon fils, juste au moment où

---

[1] A la représentation, le Policier levait la tête et parlait lui-même. Cette solution est préférable.
[2] Ou le Policier lui-même.

lias (p. simple de **lier**)   attacher

indissolublement   ne pouvant pas être désuni ou délié, éternelle-
   ment

même jeu   indication scénique qui signifie que le comportement
   de l'acteur ne doit pas changer

néant (m.)   non-existence

pantelant   respirant avec difficulté ou convulsivement

se fit (p. simple de **se faire**)   est devenu

torchon (m.)   étoffe qui sert à nettoyer la vaisselle

être   naître, exister

milliard (m.)   mille millions

innombrable   trop nombreux pour être compté

babiller   parler d'une manière enfantine

ont failli (faillir)   ont été sur le point de; ont presque

défunt (m.)   personne morte

débordant   qui ne peut pas se contenir; exubérant

envahissait   pénétrait

ténèbres (f. pl.)   ombres, obscurité

être   existence

annulait   niait, rendait nul

soupirer   pousser des soupirs, murmurer tristement

aboutissement (m.)   résultat final, point culminant

j'allais dynamiter la planète. C'est ta naissance qui la sauva. Tu
m'empêchas, du moins, de tuer le monde dans mon cœur. Tu me
réconcilias avec l'humanité, tu me lias indissolublement à son
histoire, à ses malheurs, ses crimes, ses espoirs, ses désespoirs.
Je tremblais pour son sort... et pour le tien.

5

CHOUBERT, *même jeu, tandis que le Policier est toujours dans la*
même attitude: Je ne saurai donc jamais...

VOIX DU POLICIER:[1] Oui, à peine avais-tu surgi du néant, que je me
sentis désarmé, pantelant, heureux et malheureux, mon cœur de
pierre se fit éponge, torchon, je fus saisi de vertige, d'un remords sans nom à la pensée que je n'avais pas voulu avoir de
descendant et que j'avais essayé d'empêcher ta venue au monde.
Tu aurais pu ne pas être, tu aurais pu ne pas être! J'en ressentis
une énorme panique rétrospective; un regret déchirant, aussi,
pour les milliards d'enfants qui auraient pu naître, qui ne sont
pas nés, pour les innombrables visages qui ne seront jamais
caressés, les petites mains qui ne seront tenues dans les mains
d'aucun père, les lèvres qui ne babilleront jamais. J'aurais voulu
remplir le vide avec de l'être. J'essayais de m'imaginer toutes ces
petites créatures qui ont failli exister, je voulais les créer dans
l'esprit afin de pouvoir les pleurer, au moins, comme de véritables
défunts.

10

15

20

CHOUBERT, *même jeu. Même attitude du policier:* Il se taira toujours!...

VOIX DU POLICIER:[1] Mais, en même temps, une joie débordante
m'envahissait, car tu existais, mon cher enfant, toi, tremblante
étoile dans un océan de ténèbres, île d'être entourée de rien, toi,
dont l'existence annulait le néant. Je baisais tes yeux en pleurant:
«Mon Dieu, mon Dieu!» soupirais-je. J'étais reconnaissant à
Dieu, car s'il n'y avait pas eu la création, s'il n'y avait pas eu
l'histoire universelle, les siècles et les siècles, il n'y aurait pas
eu toi, mon fils, qui étais bien l'aboutissement de toute l'histoire
du monde. Tu n'aurais pas été là s'il n'y avais pas eu l'enchaînement sans fin des causes et des effets, parmi lesquels toutes les

25

30

---

[1] Ou le Policier lui-même.

racheter   compenser, faire oublier ou pardonner
rayer   effacer, faire disparaître
me chargeais   m'accusais, me blâmais
renier   répudier
Je ne t'en veux pas.   Je ne te garde pas rancune.
Il ne sert à rien de   Il est inutile de

guerres, toutes les révolutions, les déluges, toutes les cata-
strophes sociales, géologiques, cosmiques: car tout est le résultat
de toute la série des causes universelles, et toi, mon enfant, aussi.
Je fus reconnaissant à Dieu pour toute ma misère et pour toute
la misère des siècles, pour tous les malheurs, pour tous les bon- 5
heurs, pour les humiliations, pour les horreurs, pour les an-
goisses, pour la grande tristesse, au bout desquels il y avait ta
naissance, qui justifiait, rachetait à mes yeux tous les désastres
de l'Histoire. J'avais pardonné au monde, pour l'amour de toi.
Tout était sauvé puisque rien ne pouvait plus rayer de l'existence 10
universelle le fait de ta naissance. Même lorsque tu ne serais
plus, me disais-je, rien ne pourra empêcher que tu aies été. Tu
étais là, inscrit à jamais dans les registres de l'univers, fixé
solidement dans la mémoire éternelle de Dieu.

CHOUBERT, *même jeu. Même position du Policier:* Il ne dira jamais, 15
jamais, jamais...

VOIX DU POLICIER (*changeant de ton*): Et toi... Plus j'étais fier de
toi, plus je t'aimais, plus tu me méprisais, me chargeais de tous
les crimes, de ceux que j'avais commis, de ceux que je n'avais
pas commis. Il y a eu ta mère, la pauvre. Mais qui peut savoir ce 20
qui s'est passé entre nous, si c'est sa faute, si c'est ma faute, si
c'est sa faute, si c'est ma faute...

CHOUBERT, *même jeu. Même attitude du Policier:* Il ne parlera plus,
c'est ma faute, c'est ma faute!...

VOIX DU POLICIER:[1] Tu as eu beau me renier, tu as eu beau rougir 25
de moi, insulter ma mémoire. Je ne t'en veux pas. Je ne peux
plus haïr. Je pardonne, malgré moi. Je te dois plus que tu me
dois. Je ne voudrais pas que tu souffres, je voudrais que tu ne te
sentes plus coupable. Oublie ce que tu crois être tes fautes.

CHOUBERT: Père, pourquoi ne parles-tu pas, pourquoi ne veux-tu 30
pas répondre?... Jamais plus hélas, jamais plus ta voix ne se fera
entendre... Jamais, jamais, jamais, jamais... Je ne saurai jamais...

LE POLICIER, *brusquement, se levant; à Choubert:* Les pères ont
des cœurs de mères dans ce pays. Il ne sert à rien de se lamenter.

---

[1] Ou le Policier lui-même.

on s'en balance   on s'en moque (populaire)

Suis (prés. de **suivre**)

T'en fais pas   Ne t'inquiètes pas

C'est pas mes oignons   (familier) Cela ne me concerne pas

l'air aveugle   comme quelqu'un qui ne peut pas voir

pénombre (f.)   lumière faible, demi-jour

estrade (f.)   petit plancher élevé

Il se donne en spectacle   (*pun: he goes on stage; he makes a spectacle of himself*)

fauteuil (m.)   siège ou place de théâtre

Tes histoires personnelles, on s'en balance! Occupe-toi de Mallot.
Suis sa trace. N'aie rien d'autre dans la tête. Il n'y a que Mallot
d'intéressant dans toute l'affaire. T'en fais pas pour le reste, je te
dis.

CHOUBERT: Monsieur l'Inspecteur principal, j'aurais tout de même
bien voulu savoir, vous voyez... Est-ce que... C'étaient tout de
même mes parents...

LE POLICIER: Ah! tes complexes! Tu ne vas pas nous embêter avec
ça! Ton papa, ta maman, la piété filiale!... C'est pas mes oignons,
je ne suis pas payé pour ça. Continue ta route.

CHOUBERT: Faut-il donc encore descendre, Monsieur l'Inspecteur
principal?...

> *Il cherche, l'air aveugle, avec son pied.*

LE POLICIER: Tu nous décriras tout ce que tu vas voir!

CHOUBERT, *avançant, avec hésitation, l'air aveugle:* ... Marche de
droite... Marche de gauche... de gauche... gauche...

LE POLICIER, *à Madeleine qui rentre par la droite:* Attention aux
marches, Madame...

MADELEINE: Merci, cher ami. J'aurais pu tomber...

> *Le Policier et Madeleine sont devenus des spectateurs de
> théâtre.*

LE POLICIER, *s'empressant vers Madeleine:* Prenez donc mon bras...

> *Le Policier et Madeleine vont s'installer; Choubert disparaît
> quelques instants dans la pénombre, après s'être éloigné d'un
> même pas hésitant; il réapparaîtra, à un bout opposé du plateau,
> sur une estrade ou une petite scène.*

LE POLICIER, *à Madeleine:* Asseyez-vous. Installons-nous. Ça va
commencer. Il se donne en spectacle, tous les soirs.

MADELEINE: Vous avez bien fait de retenir des places.

LE POLICIER: Prenez ce fauteuil.

jumelles (f. pl.)   double lorgnette pour le théâtre
est apparu   s'est montré tout à coup
en plein   totalement
à l'aveuglette   comme un aveugle
bâtons (m.)   morceaux de bois que l'on peut tenir à la main
circulation (f.)   mouvement des voitures
sourd   ne pouvant pas entendre
Trop bas!   Parlez plus haut!

Il met les deux chaises l'une à côté de l'autre.

MADELEINE: Merci, cher ami. Ces places sont-elles bonnes? Ce sont les meilleures? Est-ce qu'on voit tout? Est-ce qu'on entend bien? Avez-vous des jumelles?

Choubert est apparu en plein sur la petite scène, marchant à 5 l'aveuglette.

LE POLICIER: C'est lui...

MADELEINE: Oh, il est impressionnant, il joue bien! Il est vraiment aveugle?

LE POLICIER: On ne peut pas savoir. On le dirait.   10

MADELEINE: Le pauvre! On aurait bien fait de lui donner deux bâtons blancs, un petit, de sergent de ville, il réglerait lui-même la circulation, et un plus grand, d'aveugle... (*Au Policier.*) Faut-il enlever mon chapeau? Non, n'est-ce pas, cher ami. Je ne gêne personne. Je ne suis pas trop grande.   15

LE POLICIER: Il parle, taisez-vous, on ne l'entend pas.

MADELEINE, *au Policier:* C'est peut-être parce qu'il est sourd aussi...

CHOUBERT, *sur l'estrade:* Où suis-je?

MADELEINE, *au Policier:* Où est-il?   20

LE POLICIER, *à Madeleine:* Ne vous impatientez pas. Il va vous le dire. C'est son rôle.

CHOUBERT: ... des sortes de rues... des sortes de chemins... des sortes de lacs... des sortes de gens... des sortes de nuits... des sortes de cieux... une sorte de monde...   25

MADELEINE, *au Policier:* Que dit-il?... des sortes de quoi?

LE POLICIER, *à Madeleine:* Toutes sortes de sortes...

MADELEINE, *fort, à Choubert:* Trop bas!

LE POLICIER, *à Madeleine:* Taisez-vous donc! ce n'est pas permis.

CHOUBERT: ... Des ombres se réveillent...   30

MADELEINE, *au Policier:* Quoi! ... Serions-nous bons seulement pour payer et pour applaudir? (*A Choubert, encore plus fort.*) Plus fort!

déchirure (f.)   rupture
bribes (f. pl.)   fragments
béant   grand ouvert
Pas le musicien   (Madeleine fait un mauvais jeu de mots ou calembour: elle pense à Schubert)
souffleur (m.)   personne qui dit discrètement aux acteurs les mots qu'ils ont oubliés
enfantin   infantile
plaigne (subj. de **plaindre**)   avoir pitié de
Nous nous en gardons bien.   Nous évitons de le faire, nous autres.
pudeur (f.)   décence, discrétion

CHOUBERT, *continuant son jeu:* ... Une nostalgie, des déchirures, les bribes d'un univers...

MADELEINE, *au Policier:* Qu'est-ce que ça veut dire?

LE POLICIER, *à Madeleine:* Il dit: les bribes d'un univers...

CHOUBERT, *même jeu:* Un trou béant... 5

LE POLICIER, *à l'oreille de Madeleine:* Un trou béant...

MADELEINE, *au Policier:* Il est anormal. C'est un malade. Il n'a pas les pieds sur terre.

LE POLICIER, *à Madeleine:* Il les a au-dessous.

MADELEINE, *au Policier:* Ah oui! c'est vrai (*Avec admiration.*) 10 Comme vous comprenez tout facilement, cher ami!

CHOUBERT, *continuant son jeu:* Me résigner... Me résigner... La lumière obscure... les étoiles sombres... Je souffre d'un mal inconnu...

MADELEINE, *au Policier:* Quel est le nom de l'acteur qui joue ce 15 rôle?

LE POLICIER: C'est Choubert.

MADELEINE, *au Policier:* Pas le musicien, j'espère!

LE POLICIER, *à Madeleine:* Rassurez-vous.

MADELEINE, *très fort, à Choubert:* Moins bas! 20

CHOUBERT: Ma figure est mouillée de larmes. Où est la beauté? Où est le bien? Où est l'amour? J'ai perdu la mémoire...

MADELEINE: Ce n'est pas le moment! Il n'y a pas de souffleur!

CHOUBERT, *avec un accent de désespoir:* Mes jouets... en morceaux... Mes jouets brisés... Mes jouets d'enfant... 25

MADELEINE: C'est enfantin!

LE POLICIER, *à Madeleine:* Votre remarque me semble pertinente.

CHOUBERT: Je suis vieux... Je suis vieux...

MADELEINE: Il ne le paraît pas tellement. Il exagère. Il veut qu'on le plaigne. 30

CHOUBERT: Autrefois... autrefois...

MADELEINE: Qu'est-ce que c'est encore?

LE POLICIER, *à Madeleine:* Il évoque son passé, je suppose, chère amie.

MADELEINE: Si on se mettait tous à évoquer le nôtre, où irions- 35 nous... Nous aurions tous des choses à dire. Nous nous en gardons bien. Par modestie, par pudeur.

gémir exprimer la souffrance d'une voix plaintive

éclair (m.) lumière produite pendant un orage par une décharge électrique

rideau (m.) grande draperie

géant immense

jaillissant dont l'eau sort en un jet vif et puissant; bouillonnant

jeu d'eau (m.) combinaison de formes variées qu'on fait prendre à des jets d'eau

ça se croit il croit qu'il est

parnassianisme (m.) le Parnasse (ici affecté d'un *isme*), école poétique du milieu du 19ᵉ siècle

symbolisme (m.) école poétique qui suivit les exemples de Baudelaire et de Mallarmé, surtout à partir de 1885

surréalisme (m.) voir l'introduction. p. 3

cabotin (m.) mauvais acteur («*ham*»)

à moitié en partie

son ombre l'ombre de Mallot

se découper paraître en silhouette

s'assombrir devenir obscur

CHOUBERT: ... Autrefois... Un grand vent se lève...

Il gémit très fort.

MADELEINE: Il pleure...

LE POLICIER, *à Madeleine:* Il imite le bruit du vent... dans la forêt.

CHOUBERT, *continuant son jeu:* Le vent secoue les forêts, l'éclair 5
déchire les épaisseurs noires, au fond de la tempête, à l'horizon,
un rideau géant et sombre se soulève...

MADELEINE: Comment? Comment?

CHOUBERT, *continuant son jeu:* ... Au fond apparaît, lumineuse
dans les ténèbres, dans un calme de rêve, entourée de tempête, 10
une miraculeuse cité...

MADELEINE, *au Policier:* Une quoi?

LE POLICIER: La cité! la cité!

MADELEINE: Je comprends.

CHOUBERT, *continuant son jeu:* ... ou un miraculeux jardin, une 15
fontaine jaillissante, des jeux d'eaux, des fleurs de feu dans la
nuit...

MADELEINE: Et ça se croit poète, certainement! Du mauvais par-
nassianisme-symbolisme-surréalisme!

CHOUBERT, *même jeu:* ... un palais de flammes glacées, des statues 20
lumineuses, des mers incandescentes, des continents qui flambent
dans les nuits, dans des océans de neige!

MADELEINE: C'est un cabotin! C'est idiot! C'est inadmissible! C'est
un menteur!

LE POLICIER, *criant, à Choubert, et redevenant, à moitié, le Policier,* 25
tout en demeurant, à moitié, un spectateur étonné: Vois-tu son
ombre noire se découper dans la lumière? Ou, peut-être, sa
silhouette lumineuse se découper dans le noir?

CHOUBERT: Les feux sont moins clairs, le palais moins brillant,
cela s'assombrit.   30

LE POLICIER, *à Choubert:* Dis-nous au moins ce que tu ressens?...
Quels sont tes sentiments? Dis-le!

MADELEINE, *au Policier:* Cher ami, nous ferions mieux de passer
le reste de la soirée au cabaret...

apaisement (m.)   retour à la paix

Après?   Continue, que sens-tu maintenant?

environner   entourer

fumisterie (f.)   farce

étincelle (f.)   petit éclat de lumière. Ex. Des étincelles jaillissent du feu.

attrayant   agréable, amusant

Il a fait fausse route.   Il s'est écarté de la bonne direction.

sur la bonne voie   dans la bonne direction

faire un rappel   rappeler l'acteur sur la scène en applaudissant

Il faut . . . estime.   (jeu de mots)

CHOUBERT, *continuant son jeu:* ... Une joie... de la douleur... un
déchirement... un apaisement... De la plénitude... Du vide... Un
espoir désespéré. Je me sens fort, je me sens faible, je me sens
mal, je me sens bien, mais je sens, surtout, je me sens, encore,
je me sens...   5

MADELEINE, *au Policier:* Tout ceci est plein de contradictions.

LE POLICIER, *à Choubert:* Après? après? (*A Madeleine.*) Un instant, chère amie, je m'excuse...

CHOUBERT, *dans un grand cri:* Cela va-t-il s'éteindre? Cela s'éteint.
La nuit m'environne. Un seul papillon de lumière se soulève lour- 10
dement...

MADELEINE, *au Policier:* Cher ami, cette fumisterie...

CHOUBERT: C'est une dernière étincelle...

MADELEINE (*elle applaudit tandis que les rideaux de la petite scène
se ferment*): C'est très banal. Ç'aurait pu être plus attrayant... 15
ou au moins instructif, n'est-ce pas, mais voyez-vous...

LE POLICIER, *à Choubert caché en ce moment par les rideaux:* Non,
non! tu vas marcher. (*A Madeleine.*) Il a fait fausse route. On
va le remettre sur la bonne voie.

MADELEINE: Nous allons faire un rappel.   20

Ils applaudissent.
*La tête de Choubert réapparaît sortant des rideaux de la petite
scène, un instant, puis disparaît de nouveau.*

LE POLICIER: Choubert, Choubert, Choubert. Comprends-moi bien,
il faut retrouver Mallot. C'est une question de vie ou de mort. 25
C'est ton devoir. Le sort de l'humanité tout entière dépend de
toi. Ce n'est pas si difficile que ça, il suffit de te rappeler, rappelle-
toi, et alors tout va de nouveau s'éclairer... (*A Madeleine.*) Il
était descendu trop bas. Il faut qu'il remonte... un peu... dans
notre estime.   30

MADELEINE, *timidement, au Policier:* Il se sentait bien, pourtant.

LE POLICIER, *à Choubert:* Es-tu là? Es-tu là?

La petite scène s'est effacée.

Questions

1 Quels mots prononcés par le policier auraient rassuré Choubert s'il avait pu les entendre?

2 Donnez des exemples d'hyperbole (expressions exagérées) dans le discours du policier qui commence par les mots: «Mais, en même temps... » (pp. 75–77).

3 Qui est-ce qui se sent coupable dans cette scène? Citez des phrases qui pourraient justifier votre réponse.

4 Décrivez les rapports entre Choubert et son père. Pourquoi Choubert souffre-t-il maintenant en présence de son père?

5 A votre avis, pourquoi Choubert ne peut-il pas entendre la voix du policier-père?

6 Quels sont les nouveaux rôles interprétés par les trois personnages dans la scène au théâtre?

7 Trouvez les aspects ridicules ou risibles de cette scène.

8 Comparez en particulier les phrases de Madeleine et celles de Choubert. Par leurs remarques, Madeleine et le policier ressemblent-ils à de vrais spectateurs de théâtre?

9 Racontez les expériences de Choubert pendant la scène au théâtre.

E. IONESCO
72

remuer   agiter, rendre actifs

vague (f.)   mouvement de la surface de l'eau; flot

divaguer   parler d'une manière non-pertinente

tu prétendais   tu affirmais; tu essayais de nous faire croire

tiens, ma foi   (exclamations)

Réapparition de Choubert par un autre endroit.

CHOUBERT: Je remue mes souvenirs.

LE POLICIER: Remue-les avec méthode.

MADELEINE, *à Choubert:* Remue-les avec méthode. Écoute ce qu'on
te dit.   5

CHOUBERT: Me voici à la surface.

LE POLICIER: C'est bien, mon ami, c'est bien...

CHOUBERT, *à Madeleine:* Est-ce que tu te rappelles?

LE POLICIER, *à Madeleine:* Tu vois, ça va déjà mieux.

CHOUBERT: Honfleur... Comme la mer est bleue... Non... Au Mont   10
Saint-Michel... Non... Dieppe... Non, je n'y suis jamais allé...
A Cannes... Non plus.

LE POLICIER: Trouville, Deauville...

CHOUBERT: Je n'y suis jamais allé non plus.

MADELEINE: Il n'y est jamais allé non plus.   15

CHOUBERT: Collioure. Des architectes avaient construit un temple
sur les vagues.

MADELEINE: Il divague!

LE POLICIER, *à Madeleine:* Finis avec tes jeux de mots stupides.

CHOUBERT: Aucune trace de Montbéliard...   20

LE POLICIER: C'est vrai, il a aussi le surnom de Montbéliard. Et
tu prétendais ne pas le connaître!

MADELEINE, *à Choubert:* Tu vois.

CHOUBERT, *tout étonné:* Ah! tiens, ma foi oui... C'est vrai... c'est
drôle, c'est vrai.   25

LE POLICIER: Cherche ailleurs. Allons, vite, les villes...

ravin (m.)   petite vallée étroite

Les montagnes ... manque   Il y a pourtant assez de montagnes ici

metteur en scène (m.)   personne chargée de la représentation d'une pièce: le metteur en scène dirige le jeu des acteurs, s'occupe du décor, etc.

personnage Mallot

de tout à l'heure   vu récemment

numéro matricule (m.)   numéro donné à une personne qui entre dans un groupe ou un système organisé (prison, hôpital, régiment, etc.)

bâton de montagne (m.)   canne utilisée pour les excursions en montagne

courant (m.)   mouvement de l'eau

douanier (m.)   employé publique qui s'occupe de l'inspection des marchandises. Ex. Monsieur, avez-vous déclaré votre whisky au douanier là-bas?

englouti   submergé

Avignon   ville touristique située dans le midi (au sud) de la France. Les papes y résidaient au 14e siècle. Le palais des papes (1334–1392) est l'édifice le plus célèbre de la ville. Le mot mule est évoqué ici sans doute par une association comique avec «La mule du Pape», une nouvelle d'Alphonse Daudet.

sournoisement   avec ruse, malicieusement et d'une manière hypocrite

épaisse   dense

aile (f.)   chacun des membres qui permettent à l'oiseau (ou à l'insecte) de voler. Ex. Les ailes du papillon sont couvertes de vives couleurs.

frôler   toucher légèrement en passant

CHOUBERT: Paris, Palerme, Pise, Berlin, New York...

LE POLICIER: Les ravins, les montagnes...

MADELEINE: Les montagnes, ce n'est pourtant pas cela qui manque...

LE POLICIER: Dans les Andes, voyons, dans les Andes... Y es-tu 5 allé?

MADELEINE, *au Policier:* Jamais, Monsieur, pensez-vous...

CHOUBERT: Non, mais je connais suffisamment la géographie pour...

LE POLICIER: Il ne faut pas l'inventer. Il faut le retrouver. Allons, 10 mon ami, un tout petit effort...

MADELEINE: Un tout petit petit effort.

CHOUBERT, *dans un effort douloureux:* Mallot, avec un *t,* Montbéliard avec un *d,* avec un *t,* avec un *d...*

> *Selon le goût du metteur en scène, réapparition lumineuse, à* 15 *un bout opposé du plateau, du personnage de tout à l'heure, avec son numéro matricule et, en plus, un bâton de montagne à la main, une corde ou des skis; cette fois encore, ce personnage disparaît au bout de quelques secondes.*

CHOUBERT: Porté par les courants de surface, je traverse l'océan. 20 Je débarque en Espagne. Je me dirige vers la France. Les douaniers me saluent. Narbonne, Marseille, Aix, la ville engloutie. Arles, Avignon, ses papes, ses mules, ses palais. Au loin, le mont Blanc.

MADELEINE, *qui commence progressivement à s'opposer, sournoise-* 25 *ment, au nouvel itinéraire de Choubert, et au Policier:* La forêt t'en sépare.

LE POLICIER: Avance tout de même.

CHOUBERT: Je pénètre dans le bois. Quelle fraîcheur! Est-ce le soir?

MADELEINE: La forêt est épaisse... 30

LE POLICIER: N'aie pas peur.

CHOUBERT: J'entends les sources. Des ailes frôlent mon visage. De l'herbe jusqu'à la ceinture. Plus de sentiers. Madeleine, donnemoi la main.

Tu t'en tireras   Tu t'en sortiras, tu réussiras

s'écarter   s'éloigner, se disperser

bûcheron (m.)   personne qui gagne sa vie à couper du bois dans la forêt

siffler   produire un son aigu en faisant échapper l'air par une ouverture étroite de la bouche. Ex. Il appelle son chien en sifflant.

Je débouche   Je sors

volet (m.)   panneau qui sert à protéger une fenêtre. Ex. Ces fenêtres laissent entrer trop de lumière: fermons les volets.

sabots (m. pl.)   grosses chaussures en bois que portent les paysans. Ex. Les sabots font partie du costume traditionnel de la Hollande.

mouvements d'épaules   geste de mépris (Madeleine hausse les épaules dédaigneusement)

grimper   monter en s'aidant des mains et des pieds

s'accrocher à   se tenir avec force à

ronce (f.)   plante épineuse et basse

caillou (m.)   petit fragment de pierre (les cailloux de la plage)

chouette (f.)   espèce d'oiseau nocturne

lui   Mallot

LE POLICIER, *à Madeleine:* Ne lui donne surtout pas la main.

MADELEINE, *à Choubert:* Pas la main, il ne veut pas.

LE POLICIER, *à Choubert:* Tu t'en tireras tout seul. Regarde! Lève les yeux!

CHOUBERT: Le soleil brille entre les arbres. Lumière bleue. J'avance 5 rapidement, les branches s'écartent. A vingt pas des bûcherons travaillent, sifflent...

MADELEINE: Ce ne sont peut-être pas de vrais bûcherons...

LE POLICIER, *à Madeleine:* Silence!

CHOUBERT: La clarté du jour me guide. Je débouche de la forêt... 10 sur un village rose.

MADELEINE: Ma couleur préférée...

CHOUBERT: Des maisons basses.

LE POLICIER: Vois-tu quelqu'un?

CHOUBERT: Il est trop tôt. Les volets sont fermés. La place est 15 déserte. Une fontaine, une statue. Je cours, l'écho de mes sabots...

MADELEINE (*mouvements d'épaules*): En sabots!

LE POLICIER: Avance. Tu y arrives... Avance toujours.

MADELEINE: Toujours, toujours, toujours, toujours.

CHOUBERT: Le terrain est plat. Ça monte doucement. Je fais des 20 pas. Je suis au pied de la montagne.

LE POLICIER: Vas-y.

CHOUBERT: Je grimpe. Sentier abrupt, je m'accroche. J'ai laissé, derrière, la forêt. Le village est tout en bas. J'avance. A droite un lac. 25

LE POLICIER: Monte.

MADELEINE: On te dit de monter, si tu peux. Si tu peux!

CHOUBERT: Que c'est abrupt! Des ronces, des cailloux. J'ai dépassé le lac. J'aperçois la Méditerranée.

LE POLICIER: Monte, monte. 30

MADELEINE: Monte, puisqu'on te le dit.

CHOUBERT: Un renard, dernier animal. Une chouette aveuglée. Il n'y a plus un oiseau. Il n'y a plus de sources... Il n'y plus de traces... Il n'y a plus d'écho. Je fais le tour d'horizon.

LE POLICIER: Le vois-tu, lui? 35

CHOUBERT: C'est le désert.

à quatre pattes (f.)   les mains et les pieds par terre. Ex. Les petits enfants marchent à quatre pattes.

escalader   monter, grimper sur

suer   se couvrir d'humidité (généralement à cause de la chaleur), transpirer

essuyer   sécher

à rien   à rien faire

fournaise (f.)   feu violent, très chaud

étouffer   suffoquer

tu brûles   tu es très près de le découvrir (terme employé dans des jeux d'enfants); *U.S. equivalent: "You're getting warmer."*

tantôt . . . tantôt   à tel moment . . . à un autre moment

LE POLICIER: Plus haut. Monte.

MADELEINE: Monte donc, puisqu'il le faut.

CHOUBERT: Je m'accroche à des pierres, je glisse, je m'agrippe aux épines, je grimpe à quatre pattes... Ah! je ne supporte pas l'altitude... Pourquoi dois-je toujours escalader des montagnes... Pourquoi est-ce moi, toujours, que l'on oblige à faire l'impossible...

MADELEINE, *au Policier:* C'est l'impossible... C'est lui qui le dit. (*A Choubert.*) Tu n'as pas honte.

CHOUBERT: J'ai soif, j'ai chaud, je sue.

LE POLICIER: Ne t'arrête pas pour essuyer ton front. Tu feras ça plus tard. Plus tard. Monte.

CHOUBERT: ... Tellement fatigué...

MADELEINE: Déjà! (*Au Policier.*) Croyez-moi, Monsieur l'Inspecteur principal, ce n'est pas étonnant. Il n'est pas capable.

LE POLICIER, *à Choubert:* Paresseux.

MADELEINE, *au Policier:* Il a toujours été paresseux. Il n'arrive jamais à rien.

CHOUBERT: Pas un coin d'ombre. Le soleil est énorme. La fournaise. J'étouffe. Je grille.

LE POLICIER: Il ne doit plus être bien loin, tu vois, tu brûles.

MADELEINE, *sans être entendue par le Policier:* Je pourrais envoyer quelqu'un d'autre à ta place...

CHOUBERT: Une autre montagne devant moi. C'est un mur sans fissure. Je n'ai plus de souffle.

LE POLICIER: Plus haut, plus haut.

MADELEINE, *très vite, tantôt au Policier, tantôt à Choubert:* Plus haut. Il n'a plus de souffle. Plus haut. Il ne faut pas qu'il s'élève trop au-dessus de nous. Tu ferais mieux de descendre. Plus haut. Plus bas. Plus haut.

LE POLICIER: Monte. Monte.

MADELEINE: Plus haut. Plus bas.

CHOUBERT: Mes mains sont en sang.

MADELEINE, *à Choubert:* Plus haut. Plus bas.

LE POLICIER: Accroche-toi. Grimpe.

CHOUBERT, *continuant son ascension, immobile:* Il est dur d'être seul au monde! Ah, si j'avais eu un fils!

ingrat (m.)   se dit de quelqu'un qui oublie tout le bien qu'on lui
   a fait.
Je n'en peux plus!   Je ne peux pas continuer!
Ça y est   Voilà, c'est fait
J'ai perdu pied.   Je ne touche plus la terre.

MADELEINE: J'aurais préféré une fille. Les garçons sont tellement ingrats!

LE POLICIER, *tapant du pied:* Une autre fois, ces considérations. (*A Choubert.*) Monte, ne perds pas ton temps.

MADELEINE: Plus haut. Plus bas. 5

CHOUBERT: Je ne suis qu'un homme après tout.

LE POLICIER: Il faut l'être jusqu'au bout.

MADELEINE, *à Choubert:* Sois-le jusqu'au bout.

CHOUBERT: Noon!... Non!... Je ne peux plus soulever les genoux. Je n'en peux plus! 10

LE POLICIER: Allons, un dernier effort.

MADELEINE: Un dernier effort. Fais-le. Ne le fais pas. Fais-le.

CHOUBERT: Ça y est, ça y est. J'y suis. La plate-forme!... On voit à travers le ciel, aucune trace de Montbéliard.[1]

MADELEINE, *au Policier:* Il va nous échapper, Monsieur l'Inspec- 15 teur principal.

LE POLICIER, *sans entendre Madeleine, à Choubert:* Cherche, cherche.

MADELEINE, *à Choubert:* Cherche, ne cherche plus, cherche, ne cherche plus. (*Au Policier.*) Il va vous échapper. 20

CHOUBERT: Il n'y a plus... Il n'y a plus... Il n'y a plus...

MADELEINE: Plus quoi?

CHOUBERT: Plus de ville, plus de bois, plus de vallée, plus de mer, plus de ciel. Je suis seul.

MADELEINE: Ici nous serions deux. 25

LE POLICIER: Qu'est-ce qu'il raconte? Qu'est-ce qu'il veut dire? Et Mallot donc! Montbéliard!

CHOUBERT: Je cours sans marcher.

MADELEINE: Il va s'envoler... Choubert! Écoute...

CHOUBERT: Je suis seul. J'ai perdu pied. Je n'ai pas le vertige... 30 Je n'ai plus peur de mourir.

LE POLICIER: Tout cela m'est égal.

---

[1] Dans la mise en scène de Jacques Mauclair, l'ascension de Choubert se faisait ainsi: Choubert, après avoir passé sous la table, montait dessus, puis sur une chaise qu'on posait sur la table. Il se mettait à marcher à partir de la réplique: «Je pénètre dans le bois...» de la page 93.

mendiante (f.)   femme qui demande de l'argent aux passants dans
la rue

J'ai quatre . . . prison.   (Madeleine invente ce discours d'un pathé-
tique exagéré pour persuader Choubert de redescendre)

Il m'en a fait voir!   Il m'a rendu la vie bien difficile!

nous nous sommes égarés   nous nous sommes trompés

soufflet (m.)   coup, avec la main ouverte, sur la joue de quelqu'un

lui présentent   vont lui présenter dans la scène suivante

se dissout   se décompose

ruisseler   couler comme un ruisseau

MADELEINE: Pense à nous. La solitude n'est pas bonne. Tu ne peux pas nous laisser... Aie pitié, pitié! (*Elle est une mendiante.*) Je n'ai pas de pain à donner à mes enfants. J'ai quatre enfants. Mon mari en prison. Je sors de l'hôpital. Mon bon monsieur... bon monsieur... (*Au Policier.*) Il m'en a fait voir!... Vous me com- 5
prenez maintenant, Monsieur l'Inspecteur principal?

LE POLICIER, *à Choubert:* Entends la voix de la solidarité humaine. (*A part.*) Je l'ai trop poussé. Maintenant il nous échappe. (*Criant.*) Choubert, Choubert, Choubert... Mon ami, mon cher, nous nous sommes égarés tous les deux. 10

MADELEINE, *au Policier:* Je vous l'avais bien dit.

LE POLICIER, *donne un soufflet à Madeleine:* Je ne te demande pas ton avis.

MADELEINE, *au Policier:* Pardon, Monsieur l'Inspecteur principal.

LE POLICIER, *à Choubert:* Ton devoir est de chercher Mallot, ton 15
devoir est de chercher Mallot, tu ne trahiras pas tes amis. Mallot, Montbéliard, Mallot, Montbéliard! Regarde, voyons, regarde. Tu vois que tu ne regardes pas. Qu'est-ce que tu vois?... Regarde devant toi. Écoute, réponds, réponds...

MADELEINE: Réponds donc. 20

    Pour faire redescendre Choubert, Madeleine et le Policier lui présentent tous les avantages de la vie quotidienne et sociale. Le jeu du Policier et de Madeleine est de plus en plus grotesque, jusqu'à en devenir une sorte de clownerie.

CHOUBERT: C'est un matin de juin. Je respire un air plus léger que 25
l'air. Je suis plus léger que l'air. Le soleil se dissout dans une lu-mière plus grande que le soleil. Je passe à travers tout. Les formes ont disparu. Je monte... Je monte... Une lumière qui ruisselle... Je monte...

MADELEINE: Il s'échappe!... Je vous l'avais bien dit, Monsieur 30
l'Inspecteur, je vous l'avais bien dit... Je ne veux pas, je ne veux pas. (*Parlant en direction de Choubert.*) Emmène-moi avec toi au moins.

salaud (m.) (expression injurieuse) scélérat

maniement (m.) manipulation, usage

fourrier (m.) officier chargé de l'alimentation et du logement d'une troupe

adjudant (m.) grade militaire entre sergent et officier

clairon (m.) trompette

voïvode (m.) gouverneur dans certains pays balkaniques

sadiquement cruellement

archevêque (m.) dignitaire de l'Eglise catholique

Pape (m.) chef suprême de l'Eglise catholique romaine

passerelle (f.) petit pont

lest (m.) matière pesante qui assure la stabilité d'un navire ou d'un ballon

Le Policier, *à Choubert:* Tu ne vas pas me faire ça à moi... Eh!
eh!... Salaud...

Choubert, *sans jeu, se parlant à lui-même:* Puis-je m'élancer...
par... dessus... Puis-je... sauter... un pas... léger... un...

Le Policier (*marche militaire*): Un, deux. Une, deux... Je t'ai
appris le maniement des armes, tu étais fourrier de la compa-
gnie... Tu ne vas pas faire la sourde oreille, tu n'es pas un déser-
teur... Tu ne vas pas manquer de respect à ton adjudant!... La
discipline! (*Il sonne du clairon.*) ... La patrie qui t'a vu naître a
besoin de toi.

Madeleine, *à Choubert:* Je ne bats que pour toi.

Le Policier, *à Choubert:* Tu as la vie, une carrière devant toi! Tu
seras riche, heureux et bête, voïvode du Danube! Voici ta nomi-
nation! (*Il tend vers Choubert, qui ne regarde pas, un papier;
c'est vraiment le tour du Policier et de Madeleine de se donner
en spectacle. A Madeleine.*) Tant qu'il ne s'envolera pas, rien
n'est perdu...

Madeleine, *à Choubert toujours immobile:* Voici de l'or, voici des
fruits...

Le Policier: Les têtes de tes ennemis, on te les servira sur une
assiette.

Madeleine: Tu te vengeras comme tu voudras, tu te vengeras
sadiquement!

Le Policier: Je te ferai archevêque.

Madeleine: Pape!

Le Policier: Si tu veux. (*A Madeleine.*) On ne pourrait peut-
être pas... (*A Choubert.*) Si tu veux, tu recommenceras ta vie,
les premiers pas... tu te réaliseras...

Choubert, *sans voir ni entendre les autres:* Je glisse sur la passerelle, très haut, je peux voler!

Le Policier et Madeleine s'agrippent à Choubert.

Madeleine: Vite!... il faut lui redonner un peu de lest...

Le Policier, *à Madeleine:* Mêle-toi de tes affaires...

soutenu   aidé, supporté
pleurnicher   pleurer d'une manière affectée
Éteins-toi.   Ferme ta lumière.

MADELEINE, *au Policier:* C'est peut-être aussi un peu de votre faute, Monsieur l'Inspecteur principal...

LE POLICIER, *à Madeleine:* C'est la tienne. Je n'ai pas été soutenu. Tu ne m'as pas compris. On m'a donné une collaboratrice maladroite, une pauvre idiote... 5

> *Madeleine pleure.*

MADELEINE: Oh! Monsieur l'Inspecteur principal!

LE POLICIER, *à Madeleine:* Une idiote!... Oui, une idiote... idiote... idiote... (*Se tournant brusquement vers Choubert.*) Le printemps est beau dans nos vallées, l'hiver y est doux, il ne pleut jamais 10 en été...

MADELEINE, *au Policier, en pleurnichant:* J'ai fait de mon mieux, Monsieur l'Inspecteur principal. J'ai fait tout ce que j'ai pu.

LE POLICIER, *à Madeleine:* Sotte! Idiote!

MADELEINE: Vous avez raison, Monsieur l'Inspecteur principal. 15

LE POLICIER, *à Choubert, d'une voix désespérée:* Et la récompense pour qui trouvera Mallot! Si tu perds ton honneur, m'entends-tu, il te restera la fortune, l'uniforme, les honneurs!... Que veux-tu de plus!

CHOUBERT: Je peux voler. 20

MADELEINE ET LE POLICIER, *agrippés à Choubert:* Non! Non! Non! Ne fais pas ça!

CHOUBERT: Je baigne dans la lumière. (*Obscurité totale sur scène.*) La lumière me pénètre. Je suis étonné d'être, étonné d'être... étonné d'être... 25

VOIX TRIOMPHANTE DU POLICIER: Il ne dépassera pas le mur de l'étonnement.

VOIX DE MADELEINE: Attention, Choubert... n'oublie pas ton vertige.

VOIX DE CHOUBERT: Je suis lumière! Je vole! 30

VOIX DE MADELEINE: Tombe, voyons! Éteins-toi.

VOIX DU POLICIER: Bravo Madeleine!

VOIX DE CHOUBERT, *soudain angoissée:* Oh!... J'hésite... J'ai mal... Je m'élance!...

effondrer tomber comme une masse

On entend Choubert pousser un gémissement.

Lumière sur scène.

Choubert est effondré dans une grande corbeille à papiers. A ses côtés, debout, Madeleine et le Policier. Un nouveau personnage, une Dame, tout à fait indifférente à l'action, est assise à gauche, près du mur, sur une chaise. 5

Questions

1 Pourquoi, à votre avis, Ionesco met-il dans la bouche de Choubert cette longue liste de villes et d'endroits connus et inconnus (aux pages 91–93)?

2 Madeleine avait consenti à la descente de Choubert (pp. 49–61). Il essaie maintenant d'aller vers le haut (pp. 91–107). Quelle est l'attitude de Madeleine vis-à-vis de cette ascension? Appuyez votre réponse sur les remarques de Madeleine dans cette partie de la pièce.

3 Quels arguments Madeleine et le policier emploient-ils pour faire redescendre Choubert?

4 Pouvez-vous trouver un parallèle entre l'envol de Choubert vers la cité lumineuse et l'expérience d'un étudiant de l'université?

5 Selon vous, que signifie ici l'idée de s'envoler?

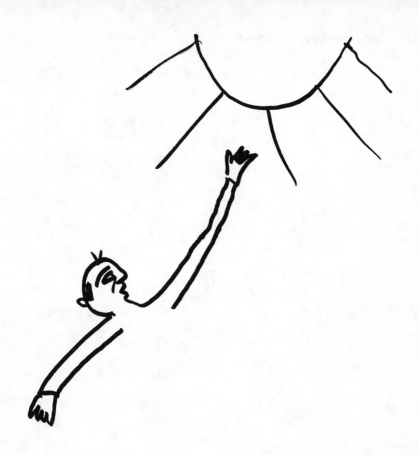

EUGENE
IONESCO
79

nigaud (m.)   idiot, naïf
contredise (subj. de **contredire**)   dire le contraire de ce qu'un
   autre a dit
au delà   au-dessus
mauvaise volonté   disposition de celui qui ne veut pas faire son
   devoir

LE POLICIER, *à Choubert:* Alors, mon garçon?

CHOUBERT: Où suis-je?

LE POLICIER: Tourne la tête, nigaud!

CHOUBERT: Tiens, vous étiez là, Monsieur l'Inspecteur principal?
Comment avez-vous fait pour entrer dans mes souvenirs?   5

LE POLICIER: Je t'ai suivi... pas à pas... Heureusement!

MADELEINE: Oh! oui, heureusement!

LE POLICIER, *à Choubert:* Allons! Debout! (*Il le tire par les oreilles
pour le relever.*) Si je n'avais pas été là... Si je ne t'avais pas re-
tenu... Tu es inconsistant, tu es trop léger, tu n'as pas de mé-   10
moire, tu oublies tout, tu t'oublies, tu oublies ton devoir. Voilà
ton défaut. Tu es trop lourd, tu es trop léger.

MADELEINE: Je crois qu'il est plutôt trop lourd.

LE POLICIER, *à Madeleine:* Je n'aime guère que l'on me contredise!
(*A Choubert.*) Je vais te guérir, moi... Je suis là pour ça.   15

CHOUBERT: Je croyais pourtant être arrivé au sommet. Au delà
même.

*Le comportement de Choubert est de plus en plus celui d'un
enfant en bas âge.*

LE POLICIER: Ce n'est pas ce que l'on te demandait!   20

CHOUBERT: Oh... je me suis trompé de route... J'ai froid... J'ai les
pieds mouillés... J'ai froid dans le dos. Avez-vous un chandail
bien sec?

MADELEINE: Ah! il a froid dans le dos, tiens!...

LE POLICIER, *à Madeleine:* Tout ça c'est de la mauvaise volonté de   25
sa part.

surveiller   observer

rusé   qui a de la ruse. Ex. Ce voleur est rusé comme un renard.

sournois   hypocrite

suralimenter   donner trop à manger (à quelqu'un)

qu'il grossisse (subj. de **grossir**)   afin qu'il devienne plus gros

ou bien . . . ou bien   quand il ne pique pas du nez il s'égare, et
  vice versa

piquer du nez   s'endormir

ainsi de suite   et cætera

bourré   plein

CHOUBERT, *comme un enfant qui se défend:* C'est pas ma faute...
J'ai cherché partout. J'ai pas trouvé... C'est pas ma faute... Vous
m'avez surveillé, vous avez bien vu... Je n'ai pas triché.

MADELEINE, *au Policier:* C'est de la pauvreté d'esprit. Comment
ai-je pu prendre un pareil mari! Il faisait pourtant meilleure im- 5
pression quand il était plus jeune! (*A Choubert.*) Tu vois? (*Au
Policier.*) Il est rusé, Monsieur l'Inspecteur principal, je vous
l'avais bien dit, et sournois!... Mais il est aussi très faible... Il fau-
drait le suralimenter, qu'il grossisse...

LE POLICIER, *à Choubert:* Tu es pauvre d'esprit! Comment a-t-elle 10
pu prendre un pareil mari? Tu faisais pourtant meilleure impression quand tu étais plus jeune! Tu vois? Tu es rusé, je l'avais bien
dit, et sournois!... Mais tu es aussi très faible, il faut que tu gros-
sisses...

CHOUBERT, *au Policier:* Madeleine vient de dire exactement la 15
même chose. Vous l'avez copiée, Monsieur l'Inspecteur principal...

MADELEINE, *à Choubert:* Tu n'as pas honte de parler comme ça à
Monsieur l'Inspecteur principal?

LE POLICIER, *qui se met dans une colère terrible:* Je vais t'apprendre 20
à être poli! Pauvre malheureux! Pauvre rien du tout!

MADELEINE, *au Policier qui ne l'écoute pas:* Je sais faire de la bonne
cuisine, pourtant, Monsieur. Il a de l'appétit!...

LE POLICIER, *à Madeleine:* Vous n'allez pas m'apprendre la méde-
cine. Madame, je connais mon métier. Votre garçon, ou bien il 25
pique du nez, ou bien il s'égare. Il n'a pas de forces! Il doit absolument grossir...

MADELEINE, *à Choubert:* Tu entends ce que dit le Docteur? Tu as
eu de la chance encore d'être tombé sur ton derrière!

LE POLICIER, *de plus en plus furieux:* On en est exactement au 30
même point que tout à l'heure! De haut en bas, de bas en haut,
de haut en bas, et ainsi de suite, et ainsi de suite, c'est le cercle
vicieux!

MADELEINE, *au Policier:* Hélas, il est bourré de tous les vices! (*D'un
ton désolé, à la Dame qui vient d'entrer et qui demeure impassible* 35
et silencieuse.) N'est-ce pas, Madame? (*A Choubert.*) Tu vas en-

avoir le toupet   avoir l'audace, l'effronterie

Marius . . . Machecroche   Ionesco semble avoir fait cette liste de noms au hasard. Lougastec et Machecroche sont des noms inventés; Perpignan est une ville des Pyrénées-Orientales.

au courant   informé des événements

crapule (f.)   bandit, canaille

il file   il nous échappe, il fiche le camp

A nous deux!   C'est un défi; c'est-à-dire, «De nous deux, on verra qui sera le vainqueur.»

porte vitrée   *glass door*

gonflé   grossi, enflé

core avoir le toupet de dire à Monsieur l'Inspecteur principal que
ce n'est pas de la mauvaise volonté.

LE POLICIER: Je vous l'ai dit. Il est lourd quand il doit être léger,
trop léger quand il doit être lourd, il est déséquilibré, il n'adhère
pas à la réalité! 5

MADELEINE, *à Choubert:* Tu n'as pas le sens de la réalité.

CHOUBERT, *pleurnichant:* On l'appelle aussi Marius, Marin, Lougastec, Perpignan, Machecroche... Son dernier nom était Machecroche!...

LE POLICIER: Tu vois que tu es au courant, menteur! Mais c'est lui 10
qu'il nous faut, la crapule. Tu prendras des forces et tu iras le
chercher. Il faut que tu apprennes à aller droit au but. (*A la
Dame.*) N'est-ce pas, Madame? (*La Dame ne répond pas; on
ne le lui demande pas, d'ailleurs.*) Je t'apprendrai, moi, à ne pas
perdre ton temps sur la route. 15

MADELEINE, *à Choubert:* Pendant ce temps-là, il file, lui, Machecroche... Il sera le premier, il ne perd pas son temps, il n'est pas
paresseux.

LE POLICIER, *à Choubert:* Je t'en donnerai, moi, des forces. Je
t'apprendrai à être obéissant. 20

MADELEINE, *à Choubert:* Il faut toujours être obéissant.

> *Le Policier s'assoit de nouveau et fait basculer sa chaise.*

MADELEINE, *à la Dame:* N'est-ce pas, Madame?

LE POLICIER, *criant très fort, à Madeleine:* Vas-tu m'apporter du
café, oui ou non? 25

MADELEINE: Volontiers, Monsieur l'Inspecteur principal!

> *Elle va vers la cuisine.*

LE POLICIER, *à Choubert:* A nous deux!

> *Au même moment, Madeleine sort; et au même moment aussi,
> entre Nicolas, par la porte vitrée du fond; Nicolas est grand, il* 30
> *a une grande barbe noire, les yeux gonflés de sommeil, les che-*

en broussaille en désordre (comme la végétation d'une forêt sauvage)

fripé vieux, usé

Salut! Bonjour!

constatation (f.) observation

sursaut (m.) mouvement brusque de surprise

d'un œil blanc au regard vide

s'enfuir s'échapper

Le Tzar de Russie? (le policier croit avoir entendu «Nicolas II (Deux)»)

à l'écart à une certaine distance des autres

manège (m.) jeu (l'action de poser les tasses sur le buffet)

amonceler accumuler, mettre les unes sur les autres

veux en broussaille, les vêtements fripés; il a l'aspect de quelqu'un
qui vient de se réveiller, après avoir dormi tout habillé.

NICOLAS, *entrant:* Salut!

CHOUBERT, *d'une voix qui ne doit exprimer ni espoir, ni crainte, ni*
surprise, mais une simple constatation neutre: Tiens, Nicolas! Tu 5
as fini ton poème!

Le Policier, par contre, a l'air très mécontent de l'arrivée de
ce nouveau personnage; il a un sursaut, il regarde Nicolas d'un
œil blanc, avec inquiétude, se soulève sur sa chaise, jette aussi
un coup d'œil à la sortie, comme s'il avait, vaguement, l'idée de 10
s'enfuir.

CHOUBERT, *au Policier:* C'est Nicolas d'Eu.

LE POLICIER, *un peu hagard:* Le Tzar de Russie?

CHOUBERT, *au même:* Oh, non, Monsieur. D'Eu, c'est son nom de
famille: D apostrophe, *e, u.* (*A la Dame qui ne répond pas.*) 15
N'est-ce pas, Madame?

NICOLAS, *parle en gesticulant beaucoup:* Continuez, continuez, ne
vous interrompez pas pour moi! Ne vous gênez pas!

Il va s'asseoir à l'écart, sur le canapé rouge.

Madeleine entre, avec une tasse de café; elle ne voit plus per- 20
sonne. Elle posera la tasse sur le buffet, sortira de nouveau. Elle
fera ce manège beaucoup de fois de suite, sans arrêt, de plus
en plus vite, en amoncelant les tasses, jusqu'à couvrir tout le
buffet.[1]

Heureux de l'attitude de Nicolas, le Policier pousse un soupir 25
de soulagement, se remet à sourire, plie, calmement, et replie sa
serviette, pendant que s'échangent brièvement les deux répliques
suivantes:

---

[1] Ne pas craindre le trop grand nombre des tasses. Il faut en mettre des
dizaines sur le buffet, les unes sur les autres, ou sur la table (s'il n'y a pas de
buffet) comme aux représentations parisiennes.

froisser   serrer, écraser dans la main

scruter   examiner attentivement

toussoter   tousser discrètement

clin d'œil (m.)   mouvement rapide de la paupière pour faire signe
à quelqu'un

compère (m.)   bon ami, complice

croûte (f.)   partie extérieure du pain, morceau de pain sec et
durci

venir de   avoir juste fini de

boucher   remplir, fermer

geignant (geindre)   se lamentant tristement

mord (mordre)   saisit entre les dents, essaie d'écraser avec les
dents

rugueux   irrégulier, rude au toucher

CHOUBERT, *à Nicolas:* Es-tu content de ton poème?

NICOLAS, *à Choubert:* J'ai dormi. Ça repose mieux. (*A la Dame imperturbable.*) N'est-ce pas, Madame?

> *Le Policier, ressaisissant Choubert sous son regard, froisse une feuille de papier tirée de sa serviette, la jette sur le plancher.* 5 *Mouvement de Choubert, comme pour la ramasser.*

LE POLICIER, *froid:* Ce n'est pas la peine. Ne la ramasse pas. Elle est très bien là. (*Scrutant Choubert, visage contre visage.*) Je vais t'en redonner des forces. Tu ne peux pas retrouver Mallot, tu as des trous dans la mémoire. Nous allons boucher les trous de ta 10 mémoire!

NICOLAS, *toussote:* Pardon!

LE POLICIER, *fait un clin d'œil à Nicolas comme entre compères, puis avec servilité:* Pas de mal. (*Humblement, toujours à Nicolas.*) Vous êtes poète, Monsieur? (*A la Dame impassible.*) 15 C'est un poète! (*Puis sortant de sa serviette une énorme croûte de pain, la tend à Choubert.*) Mange!

CHOUBERT: Je viens de dîner, Monsieur l'Inspecteur principal, je n'ai pas faim, je ne mange pas beaucoup le soir...

LE POLICIER: Mange! 20

CHOUBERT: Je n'ai pas envie. Je vous assure.

LE POLICIER: Je t'ordonne de manger, pour avoir des forces, pour boucher les trous de ta mémoire!

CHOUBERT, *plaintivement:* Ah! si vous m'obligez...

> *L'air dégoûté, il dirige lentement la nourriture vers sa bouche,* 25 *en geignant.*

LE POLICIER: Plus vite, allons, plus vite, nous avons déjà perdu assez de temps comme cela!

> *Choubert mord, avec beaucoup de mal, dans la croûte ru-gueuse.* 30

écorce (f.)   partie extérieure du tronc d'un arbre

chêne (m.)   grand arbre d'un bois très dur

l'appliquer   appliquer le système

mastiquer   écraser avec les dents

le roseau   allusion à l'image célèbre de Pascal: «L'homme n'est qu'un roseau, le plus faible de la nature, mais c'est un roseau pensant.» (Pensées)

mâchoire (f.)   partie de la bouche dans laquelle sont implantées les dents

supplie   prie

CHOUBERT: C'est de l'écorce d'arbre, du chêne, vraisemblablement. (*A la Dame impassible.*) N'est-ce pas, Madame?

NICOLAS, *sans quitter sa place, au Policier:* Que pensez-vous, Monsieur l'Inspecteur principal, du renoncement, du détachement?

LE POLICIER, *à Nicolas:* Un instant... Je m'excuse. (*A Choubert.*) 5 C'est bon, c'est très sain. (*A Nicolas.*) Moi, vous savez, cher Monsieur, mon devoir est simplement de l'appliquer.

CHOUBERT: C'est très dur!

LE POLICIER, *à Choubert:* Allons, pas d'histoires, pas de grimaces, vite, mastique! 10

NICOLAS, *au Policier:* Vous n'êtes pas seulement un fonctionnaire, vous êtes aussi un être pensant!... comme le roseau... Vous êtes une personne...

LE POLICIER: Je ne suis qu'un soldat, Monsieur...

NICOLAS, *sans ironie:* Je vous félicite. 15

CHOUBERT, *geignant:* C'est bien dur.

LE POLICIER, *à Choubert:* Mastique!

Choubert, comme un enfant, à Madeleine qui continue d'entrer, de sortir, de poser ses tasses sur le buffet.[1]

CHOUBERT: Madeleine... Madelei-ei-ne... 20

Madeleine sort, rentre, sort, rentre, sans faire attention.

LE POLICIER, *à Choubert:* Laisse-la tranquille! (*Dirigeant, de sa place, par les gestes, la mastication de Choubert.*) Fais marcher tes mâchoires! Fais marcher tes mâchoires!

CHOUBERT, *pleurant:* Pardon, Monsieur l'Inspecteur principal, par- 25 don. Je vous en supplie!...

Il mastique.

LE POLICIER: Les larmes ne m'impressionnent pas.

[1] Ou sur la table (ou sur la table et le buffet et la cheminée éventuellement).

non aristotélicien   contre les principes esthétiques d'Aristote

palais (m.)   partie supérieure interne de la bouche

écorché   déchiré

Paul Bourget   (1852–1935) : écrivain traditionnel et conservateur,
    d'une psychologie conventionnelle. Auteur du roman *Le Disciple*.

surréalisant   qui se veut surréaliste (voir l'introduction)

est onirique   concerne le rêve

CHOUBERT, *qui mastique sans arrêt:* Ma dent se casse, je saigne!

LE POLICIER: Plus vite, allons, dépêche-toi, mastique, mastique, avale!

NICOLAS: J'ai beaucoup réfléchi sur la possibilité d'un renouvelle-ment du théâtre. Comment peut-il y avoir du nouveau au théâtre? 5
Qu'en pensez-vous, Monsieur l'Inspecteur principal?

LE POLICIER, *à Choubert:* Vite, allons! (*A Nicolas.*) Je ne com-prends pas votre question!

CHOUBERT: Aïe!

LE POLICIER, *à Choubert:* Mastique! 10

Entrées et sorties toujours plus fréquentes de Madeleine.

NICOLAS, *au Policier:* Je rêve d'un théâtre irrationaliste.

LE POLICIER, *à Nicolas, tout en surveillant Choubert:* Un théâtre non aristotélicien?

NICOLAS: Exactement. (*A la Dame impassible.*) Qu'est-ce que vous 15
en dites, Madame?

CHOUBERT: Mon palais est tout écorché, ma langue est déchirée!...

NICOLAS: Le théâtre actuel, en effet, est encore prisonnier de ses vieilles formes, il n'est pas allé au delà de la psychologie d'un
Paul Bourget... 20

LE POLICIER, Oui-da, d'un Paul Bourget! (*A Choubert.*) Avale!

NICOLAS: Le théâtre actuel, voyez-vous, cher ami, ne correspond pas au style culturel de notre époque, il n'est pas en accord avec l'ensemble des manifestations de l'esprit de notre temps...

LE POLICIER, *à Choubert:* Avale! mastique!... 25

NICOLAS: Il est nécessaire pourtant de tenir compte de la nouvelle logique, des révélations qu'apporte une psychologie nouvelle... une psychologie des antagonismes...

LE POLICIER, *à Nicolas:* Psychologie, oui, Monsieur!...

CHOUBERT, *la bouche pleine:* Psycho...lo...gie... nouv... 30

LE POLICIER, *à Choubert:* Mange, toi! Tu parleras quand tu auras fini de manger! (*A Nicolas.*) Je vous écoute. Un théâtre surréali-sant?

NICOLAS: Dans la mesure où le surréalisme est onirique...

Lupasco   (voir l'introduction)
Quant à   En ce qui concerne
grossier   primitif, barbare, simple

LE POLICIER, *à Nicolas:* Onirique? (*A Choubert.*) Mastique, avale!

NICOLAS: M'inspirant... (*A la Dame impassible.*) N'est-ce pas, Madame? (*De nouveau à Choubert.*) M'inspirant d'une autre logique et d'une autre psychologie, j'apporterais de la contradiction dans la non-contradiction, de la non-contradiction dans ce 5 que le sens commun juge contradictoire... Nous abandonnerons le principe de l'identité et de l'unité des caractères, au profit du mouvement, d'une psychologie dynamique... Nous ne sommes pas nous-mêmes... La personnalité n'existe pas. Il n'y a en nous que des forces contradictoires ou non contradictoires... Vous 10 auriez intérêt d'ailleurs à lire *Logique et Contradiction,* l'excellent livre de Lupasco...

CHOUBERT, *pleurant:* Aïe, Aïe! (*A Nicolas, tout en mastiquant et en geignant.*) Vous aban-donnez ainsi... unité...

LE POLICIER, *à Choubert:* Ça ne te regarde pas... Ma-ange... 15

NICOLAS: Les caractères perdent leur forme dans l'informe du devenir. Chaque personnage est moins lui-même que l'autre. (*A la Dame impassible.*) N'est-ce pas, Madame?

LE POLICIER, *à Nicolas:* Ainsi, il serait même davantage... (*A Choubert.*) Mange... (*A Nicolas*)... Un autre que lui-même? 20

NICOLAS: C'est clair. Quant à l'action et à la causalité, n'en parlons plus. Nous devons les ignorer totalement, du moins sous leur forme ancienne trop grossière, trop évidente, fausse, comme tout ce qui est évident... Plus de drame ni de tragédie: le tragique se fait comique, le comique est tragique, et la vie devient gaie... la 25 vie devient gaie...

LE POLICIER, *à Choubert:* Avale! Mange... (*A Nicolas.*) Je ne suis pas tout à fait d'accord avec vous... Bien que j'apprécie hautement vos idées géniales... (*A Choubert.*) Mange! Avale! Mastique! (*A Nicolas.*) Je demeure, quant à moi, aristotéliquement 30 logique, fidèle avec moi-même, fidèle à mon devoir, respectueux de mes chefs... Je ne crois pas à l'absurde, tout est cohérent, tout devient compréhensible... (*A Choubert.*) Avale! (*A Nicolas.*) ... grâce à l'effort de la pensée humaine et de la science.

NICOLAS, *à la Dame:* Qu'en pensez-vous, Madame? 35

LE POLICIER: J'avance, moi, Monsieur, j'avance pas à pas, je

je pourchasse l'insolite j'attaque, je chasse tout ce qui est étrange
  et incompréhensible
J'fais . . . de . . . m'mieux . . . J'peux . . . p'us . . . Je fais de mon
  mieux . . . Je ne peux plus . . .
réalisation pratique mise en pratique, exécution
de service de travail

pourchasse l'insolite... Je veux trouver Mallot avec un *t* à la fin.
(*A Choubert.*) Vite, vite, encore un morceau, allons, mastique,
avale!

> *Entrées et sorties de Madeleine de plus en plus rapides, avec*
> *les tasses.*   5

NICOLAS: Vous n'êtes pas de mon avis. Je ne vous en veux pas.
LE POLICIER, *à Choubert:* Vite, avale!
NICOLAS: Je constate, cependant, tout à votre honneur, que vous
   êtes au courant de la question!
CHOUBERT: Madelei-eine! Madelei-eine!   10

> *La bouche pleine, congestionné, il crie désespérément.*

LE POLICIER, *à Nicolas:* Oui, cela entre dans mes préoccupations
   particulières. Cela m'intéresse profondément... Mais ça me fatigue
   de trop y penser...

> *Choubert mord de nouveau dans l'écorce; en met un gros mor-* 15
> *ceau dans la bouche.*

CHOUBERT: Aïe!
LE POLICIER: Avale!
CHOUBERT, *la bouche pleine:* J'essaie... J'fais... de... m'mieux...
   J'peux... p'us...   20
NICOLAS, *au Policier très absorbé par ses efforts de faire manger*
   Choubert: Avez-vous pensé aussi à la réalisation pratique de ce
   théâtre neuf?
LE POLICIER, *à Choubert:* Si, tu peux! Tu ne veux pas! Tout le
   monde peut! Il faut vouloir, tu peux bien! (*A Nicolas.*) Je 25
   m'excuse, cher Monsieur, je ne puis vous en parler en ce moment,
   je n'ai pas le droit, je suis dans mes heures de service!
CHOUBERT: Laissez-moi avaler par petits morceaux!
LE POLICIER: Oui, mais plus vite, plus vite, plus vite! (*A Nicolas.*)
   Nous en rediscuterons!   30

anorexie (f.)   perte de l'appétit

sueur (f.)   liquide secrété par les pores de la peau; transpiration

haut-le-cœur (m.)   nausée, envie de vomir

glapissant   aigu; comme l'aboiement d'un petit chien

Vous m'écorchez les oreilles   Vous me faites mal aux oreilles

cracher   faire sortir de la bouche; lancer hors de la bouche

morveux (m.)   enfant malpropre, mal élevé

Il n'y a plus d'enfants!   Il n'y a plus d'enfants obéissants.

CHOUBERT, *la bouche pleine* (*il est au niveau mental d'un bébé de deux ans; il sanglote*): Ma-ma-ma-de-lei-lei-ne!!!

LE POLICIER: Pas d'histoire! Tais-toi! Avale! (*A Nicolas qui ne l'écoute plus, car il est absorbé dans ses méditations.*) Il fait de l'anorexie. (*A Choubert.*) Avale!

CHOUBERT, *passe la main sur son front pour en essuyer la sueur, il a un haut-le-cœur:* Ma-a-de-leine!

LE POLICIER (*sa voix est glapissante*): Attention, surtout ne vomis pas, ça ne servirait à rien, je te le ferais ravaler!

CHOUBERT, *portant les mains à ses oreilles:* Vous m'écorchez les oreilles, Monsieur l'Inspecteur...

LE POLICIER, *criant toujours:* ... principal!

CHOUBERT, *la bouche pleine, les mains à ses oreilles:* ... principal!!

LE POLICIER: Écoute bien ce que je te dis, Choubert, écoute, laisse tes oreilles, ne les bouche pas, sinon je te les boucherai, moi, avec des claques...

Il lui fait tomber les mains de force.

NICOLAS, *qui, depuis les toutes dernières répliques, a l'air de suivre la scène avec le plus grand intérêt:* ... Mais... mais... qu'est-ce que vous faites là, qu'est-ce que vous faites donc?

LE POLICIER, *à Choubert:* Avale! Mastique! Avale! Mastique! Avale! Mastique! Avale! Mastique! Avale! Mastique! Avale!

CHOUBERT, *la bouche pleine, dit des mots incompréhensibles:* Hheu... gl... vous... sav... clonnes... iffes... illes...

LE POLICIER, *à Choubert:* Qu'est-ce que tu dis?

CHOUBERT, *crache dans sa main ce qu'il a dans sa bouche:* Est-ce que vous savez? Comme c'est beau les colonnes des temples et les genoux des jeunes filles!

NICOLAS, *de sa place, au Policier qui, toujours occupé de sa besogne, ne l'écoute pas:* Mais qu'est-ce que vous lui faites à cet enfant?

LE POLICIER, *à Choubert:* Des sottises, au lieu d'avaler! A table, on ne parle pas! Voyez-vous ce morveux! Tu n'as pas honte! Il n'y a plus d'enfants! Ravale tout! Vite!

...A...y...est...! Ça y est!

CHOUBERT: Oui, Monsieur l'Inspecteur principal... (*Il remet dans la bouche ce qu'il avait craché dans sa main; puis, la bouche pleine, les yeux dans ceux du Policier.*) ...A...y... est...!

LE POLICIER: Et ça aussi!... (*Il lui met dans la bouche un autre morceau de pain.*) Mastique!... Avale!... 5

CHOUBERT, *fait des efforts pénibles pour mastiquer et pour avaler, sans réussir:* ...ois... er...

LE POLICIER: Quoi?

NICOLAS, *au Policier:* Il dit que c'est du bois, du fer. Ça ne pourra jamais passer. Ne le voyez-vous pas? (*A la Dame impassible.*) 10 N'est-ce pas, Madame?

LE POLICIER, *à Choubert:* Ce n'est que de la mauvaise volonté de sa part!

MADELEINE *entre une dernière fois avec des tasses, elle les pose sur la table; personne ne touchera à ces tasses, personne n'y prêtera* 15 *attention:* Voici le café! C'est du thé!

NICOLAS, *au Policier:* Il fait des efforts, tout de même, le pauvre enfant! Ce bois, ce fer, ça s'est embouteillé dans sa gorge!

MADELEINE, *à Nicolas:* S'il a envie de se défendre, il peut le faire tout seul! 20

> *Choubert essaie de crier, ne le peut, il suffoque.*

LE POLICIER, *à Choubert:* Plus vite, plus vite, je te dis, avale tout de suite tout!

> *Exaspéré, le Policier va vers Choubert, lui ouvre la bouche, se prépare à lui enfoncer son poing dans la gorge; préalablement, le* 25 *Policier aura retroussé sa manche.*
> *Nicolas, brusquement, se lève, s'approche, sans mot dire, menaçant, du Policier, se plante immobile devant lui.*

MADELEINE, *étonnée:* Qu'est-ce qui lui prend?

> *Le Policier lâche la tête de Choubert qui regarde la scène sans* 30 *quitter sa chaise, sans cesser de mastiquer, sans parler; le Policier*

frayeur (f.)   peur, terreur
Je m'en moque!   Je m'en fiche!
rier au nez de quelqu'un   rier avec insolence devant quelqu'un

*est stupéfait par l'intervention de Nicolas; d'une voix devenue
tout à coup autre, tremblante, le Policier presque pleurnichant
dit à Nicolas:*

Le Policier: Mais, Monsieur Nicolas d'Eu, je ne fais que mon devoir! Je ne suis pas là pour l'embêter! Je dois tout de même bien   5
savoir où se cache Mallot, avec un *t* à la fin. Il n'y a pas d'autre
méthode. Je n'ai pas le choix. Quant à votre ami, qui deviendra
aussi le mien, j'espère, un jour... (*Il montre Choubert assis, congestionné, qui regarde et mastique, mastique.*) ... je l'estime, oui,
sincèrement! Vous aussi, mon cher Monsieur Nicolas d'Eu, je   10
vous estime. J'ai souvent entendu parler de vos œuvres, de vous...

Madeleine, *à Nicolas:* Monsieur t'estime, Nicolas.

Nicolas, *au Policier:* Vous mentez!

Le Policier et Madeleine: Oh!!

Nicolas, *au Policier:* La vérité est que je n'écris pas, moi, et je m'en   15
vante!

Le Policier, *atterré:* Oh, si, Monsieur, si, vous écrivez! (*Avec une
frayeur grandissante.*) On doit écrire.

Nicolas: Inutile. Nous avons Ionesco et Ionesco, cela suffit!

Le Policier: Mais, Monsieur, il y a toujours des choses à dire...   20
(*Il tremble de frayeur; à la Dame.*) N'est-ce pas, Madame?

La Dame: Non! Non! Pas Madame: Mademoiselle!...

Madeleine, *à Nicolas:* Monsieur l'Inspecteur principal a raison.
Il y a toujours des choses à dire. Puisque le monde moderne est
en décomposition, tu peux être un témoin de la décomposition!   25

Nicolas, *hurlant:* Je m'en moque!...

Le Policier, *tremblant de plus en plus:* Oh, si, Monsieur!

Nicolas, *riant avec mépris au nez du Policier:* Je m'en moque que
vous m'estimiez ou non! (*Il saisit le Policier par le revers de son
veston.*) Vous ne voyez pas que vous êtes fou?   30

*Choubert mastique et avale, avec une héroïque bonne volonté.
Il regarde la scène, effrayé lui aussi. Il a un air coupable; il a la
bouche trop pleine pour pouvoir intervenir.*

Madeleine: Voyons, voyons, mais voyons...

au comble de   au plus haut degré de, plein de
ahurissement (m.)   stupéfaction
refondre en larmes   recommencer à pleurer
sautiller   sauter à petits pas (comme les oiseaux)
gambader   danser

LE POLICIER, *au comble de l'indignation, de l'ahurissement, se rassoit, puis se relève, faisant tomber sa chaise qui se brise:* Moi? Moi!...

MADELEINE: Prenez donc le café!

CHOUBERT, *s'écriant:* Je n'ai plus mal, j'ai tout avalé!! J'ai tout 5 avalé!!

> *Pendant les répliques qui suivent, on ne prête aucune attention à Choubert.*

NICOLAS, *au Policier:* Oui, vous, vous-même!...

LE POLICIER, *fondant en larmes:* Oh!... c'est trop fort... (*En pleurs;* 10 *à Madeleine qui arrange les tasses sur la table.*) Merci, Madeleine, pour le café! (*Il refond en larmes.*) C'est méchant, c'est injuste!...

CHOUBERT: Je n'ai plus mal, j'ai tout avalé, je n'ai plus mal!

> *Il s'est levé, marche joyeusement sur le plateau, sautille.* 15

MADELEINE, *à Nicolas qui semble de plus en plus dangereux pour le Policier:* Tu ne vas pas violer les lois de l'hospitalité!

LE POLICIER, *à Nicolas, en se défendant:* Je n'ai pas voulu embêter votre ami!... Je vous jure!... C'est lui qui m'a fait entrer ici de force... Moi, je ne voulais pas, j'étais pressé... Ils ont insisté, tous 20 les deux...

MADELEINE, *à Nicolas:* Il dit la vérité!

CHOUBERT, *même jeu que tout à l'heure:* Je n'ai plus mal, j'ai tout avalé, je peux aller jouer!

NICOLAS, *cruel et froid, au Policier:* Détrompez-vous. Ce n'est pas 25 pour cette raison que je vous en veux!

> *Cela est dit d'un tel ton que Choubert ne gambade plus. Tout mouvement s'arrête, les personnages ont les yeux fixés sur Nicolas, arbitre de la situation.*

LE POLICIER, *articulant avec difficulté:* Pourquoi donc, alors, mon 30 Dieu? Je ne vous ai rien fait!

haine (f.)   hostilité, aversion profonde

embrasé   enflammé, brûlé

épouvante (f.)   horreur, terreur

affolé   agité, effrayé (se dit de quelqu'un qui est rendu comme fou
   par une émotion violente)

Cela m'est égal   Cela m'importe peu

frissonner   trembler comme une personne qui a froid

brandir   agiter en l'air de façon menaçante

radiateurs fonctionnent   (Le froid de Nicolas n'a, bien sûr, rien
   à voir avec les radiateurs)

CHOUBERT: Nicolas, jamais je ne t'aurais cru capable d'une telle haine.

MADELEINE, *pleine de pitié pour le Policier:* Pauvre petit, tes grands yeux sont embrasés par toute l'épouvante de la terre... Comme ta figure est blanche... Tes gentils traits se sont défaits... Pauvre petit, pauvre petit!... 5

LE POLICIER, *affolé:* Vous ai-je remerciée, Madeleine, pour le café? (*A Nicolas.*) Je ne suis qu'un instrument, Monsieur, un soldat lié par l'obéissance, le travail, je suis un homme correct, honnête, honorable, honorable!... Et puis... je n'ai que vingt ans, 10 Monsieur!...

NICOLAS, *implacable:* Cela m'est égal, j'en ai quarante-cinq!

CHOUBERT, *comptant sur ses doigts:* Plus du double...

> *Nicolas sort un énorme couteau.*

MADELEINE: Nicolas, réfléchis avant d'agir!... 15

LE POLICIER: Mon Dieu, mon Dieu...

> *Il claque des dents.*

CHOUBERT: Il frissonne, il doit avoir froid!

LE POLICIER: Oui, j'ai froid... Ah!

> *Il crie, car Nicolas, tournant autour de lui à pas lents, brandit* 20 *son couteau.*

MADELEINE: Pourtant, les radiateurs fonctionnent à merveille... Nicolas, sois sage!...

> *Le Policier, prêt à s'effondrer, au comble de la frayeur, fait* *entendre des bruits.* 25

CHOUBERT, *fort:* Ça sent mauvais... (*Au Policier.*) Ce n'est pas beau de faire dans ses culottes!

MADELEINE, *à Choubert:* Tu ne te rends donc pas compte de la

Au secours!   cri d'appel à l'aide (*Help!*)
gare à   attention à; prenez garde à
à titre posthume   donnée après la mort
s'écrouler   tomber soudainement de toute sa masse
ensanglanté   couvert de sang
En plein cœur   Au milieu du cœur

situation? Mets-toi à sa place! (*Elle regarde Nicolas.*) Quel regard! Il ne plaisante pas!

> *Nicolas lève son couteau.*

LE POLICIER: Au secours!
MADELEINE, *sans bouger d'un pas, non plus que Choubert:* Nicolas, 5
tu es tout rouge, attention, gare à l'apoplexie! Voyons, Nicolas,
tu aurais pu être son père!

> *Nicolas frappe une fois, de son couteau, le Policier, qui tourne*
> *sur lui-même.*

CHOUBERT: Trop tard pour l'empêcher...   10
LE POLICIER, *en tournoyant:* Vive la race blanche!

> *Nicolas, la bouche tordue, féroce, frappe une seconde fois.*

LE POLICIER, *toujours en tournoyant:* Je voudrais... une décoration
à titre posthume...
MADELEINE, *au Policier:* Tu l'auras, mon chou. Je téléphonerai au 15
Président...

> *Nicolas frappe une troisième fois.*

MADELEINE (*sursaut*): Arrête, arrête donc!...
CHOUBERT, *avec réprobation:* Voyons, Nicolas!
LE POLICIER, *tandis que Nicolas, immobile, a toujours son couteau* 20
en main, tourne une dernière fois sur lui-même: Je suis... une
victime... du devoir!...

> *Puis il s'écroule, ensanglanté.*

MADELEINE, *se précipitant sur le cadavre du Policier et constatant*
la mort: En plein cœur, pauvre petit! (*A Choubert et Nicolas.*) 25
Aidez-moi donc! (*Nicolas jette son couteau ensanglanté, puis*

nuque (f.)   partie postérieure du cou

*tous les trois, sous les yeux de la Dame impassible, transportent
le corps sur le divan.*) C'est tellement regrettable que cela soit
arrivé chez nous! (*Le corps est déposé sur le divan. Madeleine
soulève la tête, met un coussin sous la nuque.*) Comme ça, là!
Pauvre mignon... (*A Nicolas.*) Il va bien nous manquer, main- 5
tenant, ce jeune homme que tu as tué... Oh, toi, avec ta haine
insensée de la police... Qu'allons-nous faire? Qui va nous aider
à trouver Mallot? Qui? Qui?

NICOLAS: Je me suis peut-être dépêché...

MADELEINE: Tu l'admets, maintenant; vous êtes tous comme ça... 10

CHOUBERT: Oui, nous sommes tous comme ça...

MADELEINE: Vous agissez sans réfléchir, et après on le regrette!...
Il nous faut Mallot! Son sacrifice (*elle montre le Policier*) ne
doit pas demeurer inutile! Pauvre victime du devoir!

NICOLAS: Je vous trouverai Mallot. 15

MADELEINE: Bravo, Nicolas!

NICOLAS, *au corps du Policier:* Non. Ton sacrifice n'aura pas été
vain. (*A Choubert.*) Tu vas m'aider.

CHOUBERT: Ah! non alors! Je ne veux plus recommencer!

MADELEINE, *à Choubert:* Tu n'as donc pas de cœur, il faut faire 20
quelque chose pour lui, voyons!

> *Elle montre le Policier.*

CHOUBERT, *tapant du pied comme un enfant mécontent, pleurnichant:* Non! je ne veux pas! Non! je ne veux pas-as!

MADELEINE: Je n'aime pas les maris désobéissants! Qu'est-ce que 25
ça veut dire, ces manières? Tu n'as pas honte!

> *Choubert pleure toujours, mais en ayant l'air de se résigner.*

NICOLAS *s'assoit à la place du Policier, tend à Choubert un morceau
de pain:* Allons, mange, mange, pour boucher les trous de ta
mémoire! 30

CHOUBERT: J'ai pas faim!

MADELEINE: Tu n'as pas de cœur? Obéis à Nicolas!

outré exagéré
cacahuète (f.) petite noix

CHOUBERT, *prend le pain, mord dedans:* Ça fait ma-al!

NICOLAS, *avec la voix du Policier:* Pas d'histoire! Avale! Mastique!
Avale! Mastique!

CHOUBERT, *la bouche pleine:* Moi aussi, je suis une victime du
devoir! 5

NICOLAS: Moi aussi!

MADELEINE: Nous sommes tous des victimes du devoir! (*A Choubert.*) Avale! Mastique!

NICOLAS: Avale! Mastique!

MADELEINE, *à Choubert et à Nicolas:* Avalez! Mastiquez! Masti- 10
quez! Avalez!

CHOUBERT, *tout en mastiquant, à Madeleine et à Nicolas:* Mastiquez! Avalez! Mastiquez! Avalez!

NICOLAS, *à Choubert et à Madeleine:* Mastiquez! Avalez! Mastiquez! Avalez! 15

La Dame se dirige vers les trois autres.

LA DAME: Mastiquez! Avalez! Mastiquez! Avalez!

*Cependant que tous les personnages se commandent réci-
proquement d'avaler et de mastiquer, le rideau tombe.*[1]

Septembre 1952. 20

Rideau.

---

[1] A partir de l'arrivée de Nicolas d'Eu, le jeu doit être très vif et toujours
à la pointe du comique, caricaturé. Le discours de Nicolas sur le théâtre doit
être dit dans le mouvement et dans la conversation aussi naturelle que le
permet un jeu outré.
  La dame a un chapeau, un parapluie. Pendant son silence, assise, elle
mange des cacahuètes.

EUGENE IONESCO 72

Questions

1 Quand Madeleine se plaint de son «enfant» Choubert, quel rôle joue le policier?

2 Quel effet l'entrée de Nicolas d'Eu a-t-elle sur le policier?

3 Selon le policier, à quoi servira la mastication de Choubert?

4 Quelles sont les théories de Nicolas d'Eu au sujet de l'art dramatique?

5 Le policier est-il d'accord là-dessus?

6 Comment le policier justifie-t-il ses actions lorsqu'il est menacé par Nicolas d'Eu?

7 Pourquoi, d'après Nicolas, est-il inutile d'écrire?

8 Racontez le dénouement de la pièce.

9 Comparez la chute de Choubert avec son envol dans la lumière.

10 En quoi Choubert ressemble-t-il à un enfant dans cette partie de la pièce?

11 Qu'y a-t-il d'absurde dans l'amoncellement des tasses?

12 Quel rôle la Dame joue-t-elle dans les dernières scènes de la pièce?

13 Nicolas dit que le policier est un être pensant, mais celui-ci répond: «Je ne suis qu'un soldat.» En quoi le policier a-t-il raison et Nicolas tort?

14 Que signifie le cri «Ma-ma-ma-de-lei-lei-ne!!!»?

15 Sa bouche pleine de pain, Choubert essaie de prononcer la phrase, ''Comme c'est beau les colonnes des temples et

les genoux des jeunes filles!'' Peut-on expliquer la significa-
tion de ces mots dans le contexte de cette scène?

16 Choubert paraît-il vindicatif envers le policier? Quelle est
son attitude après avoir avalé tout le pain?

17 Que pense Madeleine de l'intervention de Nicolas en fa-
veur de Choubert (p. 135)?

18 Racontez le dénouement de la pièce.

19 Qu'est-ce que la Dame pourrait symboliser ici? Pourquoi
est-ce que Ionesco l'a introduite dans sa pièce?

20 Quels adjectifs pourrait-on employer pour décrire le ton, le
climat de la pièce?

21 Suggérez d'autres situations où l'on devient victime du
devoir.

22 Un lecteur pourrait-il s'identifier avec Choubert? Expliquez.

Une Victime du devoir

Une Victime du devoir

Although Ionesco won fame as a playwright, his talent as a writer of short stories should not be overlooked. His stories are few: outside of several delightful tales for "children under three years of age,"[1] a mere six *contes* have been published in the collection *La Photo du colonel,* entitled after the second story of the book. Five out of the six were adapted into plays:

"Oriflamme" became *Amédée ou comment s'en débarrasser;*

"La Photo du colonel" became *Tueur sans gages;*

"Le Piéton de l'air" and "Rhinocéros" retained their original titles as plays;

"Une Victime du devoir" became *Victimes du devoir.*

A most important dimension can be added to any study of these plays by referring to their source, the original short stories. "Une Victime du devoir" is, therefore, presented below along with questions that relate both to the *conte* and to *Victimes du devoir.*

[1] Included in *Présent passé, passé présent,* Paris, Mercure de France, 1968.

Ce soir-là, à sept heures, j'entendis frapper fort à la porte de la
concierge, en face de notre porte, car nous habitons le rez-de-chaussée, puis, au bout d'un instant, d'autres coups, plus faibles, chez
nous. J'ouvris. C'était le policier, en civil. Je le reconnus tout de
suite, sans l'avoir jamais vu, à son air doucereux. Il avait une ser- 5
viette sous son bras, un pardessus beige, pas de chapeau. Il avait
l'air très timide. «Je m'excuse, dit-il, je voulais demander un renseignement à la concierge; la concierge n'est pas là, savez-vous où
elle est, si elle doit venir bientôt? Excusez-moi, je n'aurais pas
frappé à votre porte si la concierge avait été là, je n'aurais pas osé 10
vous déranger; d'ailleurs, je m'en vais!»

Madeleine s'approcha, aperçut le policier, dit: «Quel jeune
homme bien élevé!» Puis, à moi: «Demande-lui ce qu'il veut savoir.
Tu pourras peut-être le renseigner!

—Je suis navré de vous déranger, dit le policier, c'est une chose 15
simple...

—Fais-le donc entrer, me pressa Madeleine.

—Donnez-vous la peine d'entrer! dis-je au policier.

—Je n'ai que cinq minutes, répondit ce dernier, en consultant
son bracelet-montre. Je ne pourrais pas...» («Il a une montre en 20
or», remarqua silencieusement Madeleine, dont je devinai la pensée), — «mais puisque vous insistez... j'entre, à condition que vous
me laissiez partir tout de suite!»

—C'est entendu, monsieur, le tranquillisa Madeleine, venez tout
de même vous réchauffer un instant!»   25

Le jeune homme entra, entrouvrit son pardessus. Il avait un complet marron tout neuf. Il avait aussi de très beaux souliers. Des cheveux blonds.

— Je regrette de prendre de votre temps, dit-il, je voulais seulement savoir si les locataires qui vous ont précédés s'appelaient
5 Malloud, avec un *d* à la fin, ou Malloux, avec un *x*. C'est tout.

—Malloud, avec un *d,* dis-je.

—C'est bien ce que je pensais, fit le policier.

Il entra carrément dans le salon, s'assit à une table, posa sa serviette, la déplia, sortit un étui en nacre, alluma une cigarette
10 sans nous en offrir, remit l'étui dans sa poche, croisa ses jambes.

— Vous avez donc connu les Malloud, fit-il, en levant les yeux vers Madeleine, puis vers moi, car nous étions restés debout, d'un côté et de l'autre de sa chaise.

—Non, je ne les ai pas connus, répondis-je.

15 —Alors, comment savez-vous que leur nom prend un *d* à la fin?

Cette question me troubla fortement. Qui m'avait appris ce détail? En somme, avais-je connu ou non les Malloud? Je fis un douloureux effort de mémoire. Je ne pus me rappeler.

—Voudriez-vous me donner une tasse de café? dit le policier,
20 tout en faisant basculer sa chaise.

—Bien entendu, dit Madeleine. Je vais vous en préparer. Mais, attention, ne vous balancez pas, vous pourriez tomber...

—Ne vous en faites pas, Madeleine!... C'est bien ainsi qu'elle s'appelle? fit-il en me regardant avec un sourire douteux. Ne vous en
25 faites pas, Madeleine, j'ai l'habitude!

Madeleine quitta la pièce; nous entendîmes, quelque temps, le bruit, de plus en plus faible, du moulin à café, puis ce fut tout. Madeleine avait disparu à jamais. Le policier me tendit une photo.

—Tâche de te rafraîchir la mémoire. Est-ce Malloud?

30 C'était l'image d'un homme âgé d'une cinquantaine d'années, la barbe pas rasée depuis plusieurs jours et portant, sur la poitrine, une plaque avec un numéro de cinq chiffres.

Je fixai la photo quelques instants.

—Vous savez, monsieur l'Inspecteur, je ne peux pas m'en rendre
35 compte. Comme ça, avec cette barbe, sans cravate, la figure meur-

trie, enflée... comment le reconnaître? Il me semble, cependant, oui, il me semble bien que ça pourrait être lui... ça doit être lui...

—Quand l'as-tu connu? demanda le policier. Et qu'est-ce qu'il te racontait?

Je me laissai choir dans un fauteuil, je pris ma tête dans mes   5
mains. Je fermai les yeux, tâchant de me souvenir.

—La plage! entendis-je la voix du policier.

Je parcourus, par la pensée, en un instant, toutes les plages de la terre. Aucune trace de Montbéliard.

—C'est vrai, remarqua le policier, sans prononcer de paroles, il   10
avait aussi le surnom de Montbéliard. Cherche ailleurs!...

Fermant de nouveau les yeux, je parcourus toutes les villes d'eaux, les montagnes. Sur un pic escarpé, absolument désert, soudain, à mes côtés, le policier.

—Tiens, vous voilà dans mes souvenirs, maintenant!   15
—Quoi d'étonnant? me dit-il. Alors, et l'homme?

Je rouvris les yeux. Le policier était toujours là, sur sa chaise, se balançant, fumant.

—Vous avez bien vu, vous étiez derrière moi, je l'ai cherché partout, je ne l'ai pas trouvé; vous m'avez surveillé, je n'ai pas 20
triché!... Le nom de Montbéliard me dit quelque chose, mais quoi, exactement?

—Cela est une autre histoire. N'abandonne surtout pas la piste. Je te guiderai.

A ce moment, par la porte vitrée, venant de la pièce du fond,   25
hirsute, les cheveux en désordre, les vêtements tout chiffonnés, les yeux encore gonflés de sommeil, entra Nicolas, que j'avais complètement oublié.

Le policier eut un sursaut. Il regarda Nicolas, avec inquiétude, d'un œil blanc.   30

—Continuez, fit Nicolas, gesticulant selon son habitude, ne vous gênez pas pour moi.

Et il s'assit, à l'écart, sur le canapé rouge.

Ceci calma le policier. Il se remit à sourire, plia et déplia sa serviette, froissa une feuille de papier qu'il jeta sur le plancher. 35
J'eus un mouvement.

—Ce n'est pas la peine, dit-il, ne la ramasse pas, elle est très bien là.

Puis, me scrutant, dans son langage muet:

—Tu as des trous dans la mémoire!

5 De son coin, Nicolas toussota:

—Pardon! fit-il.

—Pas de mal! répondit le policier, en faisant un clin d'œil aimable à Nicolas, un clin d'œil de salon. Puis, se tournant vers moi, il me tendit une énorme croûte de pain.

10 —Mange!

—Je n'ai pas faim.

—Mange, ça va te rendre la mémoire.

Je fus bien obligé de prendre le pain. Je dirigeai lentement, l'air dégoûté, cette nourriture vers ma bouche.

15 —Plus vite, me dirent les yeux froids, infiniment hostiles, du policier, je n'ai pas de temps à perdre, allons, plus vite!...

Je mordis dans la croûte rugueuse. C'était de l'écorce d'arbre, du chêne vraisemblablement.

—C'est bon, me dirent les yeux du policier, c'est très sain!

20 —C'est bien dur! pleurais-je.

—Allons, pas d'histoires, vite, mastique!

De sa place, du regard, il dirigeait la mastication, faisait impitoyablement fonctionner mes mâchoires. Les dents me faisaient mal, se cassaient, mes gencives saignaient.

25 —Plus vite, allons, dépêche-toi, mastique, mastique, avale.

Mon palais, ma langue étaient déchirés.

—Vite, vite. Encore un morceau, allons, mastique, avale!

Je mordis de nouveau dans l'écorce, la mis tout entière dans ma bouche.

30 —Avale!

—J'essaie. Je ne peux pas.

—Tu ne veux pas. Tout le monde peut, il faut vouloir.

—J'avale par petits morceaux.

—Oui, mais plus vite, ordonnèrent ses yeux.

35 Je transpirai. Sueur froide. J'eus un haut-le-cœur.

Sa voix se fit de nouveau entendre, combien glapissante, écorchant mes oreilles:

—Attention, ne vomis pas, ça ne servirait à rien, je te le ferais ravaler! Surtout, écoute ce que je te dis, ne bouche pas tes oreilles!

Ça ne passait pas. Pourtant, je faisais des efforts désespérés. Ça 5
restait dans ma bouche, dans ma gorge, ce bois, ce fer, embouteillé. Des souffrances atroces. Suffoqué, je ne pouvais plus crier.

—Plus vite, plus vite, je te dis, vas-y, avale tout de suite, tout!...

Et il trempa son poing dans l'huile, le fourra dans ma gorge, enfonça. 10

Brusquement Nicolas se leva, s'approcha, menaçant, du policier. Celui-ci, ahuri, d'une voix tremblante, dit (je l'entends encore):

—Je fais mon devoir. Je ne suis pas là pour l'embêter. Je dois tout de même savoir où se cache Malloud avec un *d* à la fin. Quant à votre ami, je l'estime. 15

Nicolas ne s'en tint pas là. Il rit, avec mépris, au nez du policier:

—Vous ne voyez pas que vous êtes fou?

Au comble de l'indignation, de l'ahurissement, du désarroi, l'inspecteur se rassit, se leva, faisant tomber sa chaise qui se brisa:

—Moi? 20

—Je n'ai plus mal, m'écriai-je, j'ai tout avalé!

On ne me prêta aucune attention.

—Oui, vous, parfaitement! reprenait Nicolas.

—Oh! fit le policier, et il fondit en larmes. Je n'ai pas voulu embêter votre ami. Je vous le jure. C'est lui qui m'a fait entrer ici de 25
force!

—Ce n'est pas pour cela que je vous en veux!

Jamais je n'aurais cru Nicolas capable d'une telle haine. Le policier ouvrit de grands yeux où vint s'embraser toute l'épouvante de la terre. 30

Pauvre petit! Sa figure, par contre, était pâle, ses traits défaits.

—Pourquoi donc, alors, pourquoi, mon Dieu? put-il articuler. J'ai vingt ans, ajouta-t-il avec peine.

—Ça m'est égal! prononça, fortement, Nicolas. J'en ai quarante-cinq! 35

—Plus du double, calculai-je, mentalement.

Nicolas sortit un énorme couteau. Le policier joignit les mains. Il claquait des dents. Pourtant, le chauffage marchait à merveille. Nicolas brandit l'arme. Le policier fit entendre des bruits mous et
5 sentit mauvais.

—C'est pas beau de faire dans sa culotte! dis-je tout haut, sans réfléchir à la situation.

Le regard féroce, la bouche tordue, la nuque congestionnée («Attention à l'apoplexie, Nicolas!... Nicolas, voyons, tu aurais pu
10 être son père!...»), Nicolas, par trois fois, implanta son couteau dans le cœur de ce pauvre policier qui s'écroula, ensanglanté, victime du devoir.

Questions

1 Le caractère des personnages est-il plus développé dans le conte, ''Une Victime du devoir'' ou dans la pièce de théâtre, *Victimes du devoir?*

2 Comment les pensées secrètes des personnages du conte sont-elles transposées dans la pièce?

3 Comment la description des personnages y est-elle également transposée?

4 Ces transpositions sont-elles toujours réussies? Expliquez.

5 Dans lequel des deux ouvrages trouve-t-on
    a   plus d'unité?
    b   plus d'action?
    c   plus d'intensité?

6 Lequel vous paraît le plus «absurde»?

7 A votre avis, lequel des deux ouvrages est supérieur? Justifiez votre réponse.

8 En quoi le conte ressemble-t-il à un rêve?

Exercices

A *Sujets de composition ou de discussion:*

1 Nicolas d'Eu et les théories dramatiques de Ionesco.

2 Les métamorphoses des personnages dans *Victimes du devoir.*

3 Antithèse et contradiction dans *Victimes du devoir.*

4 Le grotesque et le sublime: montrez à quel point une réalité terre à terre et vulgaire se superpose à un idéal poétique.

5 Le caractère de Choubert.

6 *Victimes du devoir:* pièce «irrationaliste».

7 Le langage de *Victimes du devoir:* les jeux de mots, les clichés, les répliques illogiques, le saugrenu, etc.

8 La parodie dans *Victimes du devoir:* traitez surtout la parodie de l'autorité et la satire de la mentalité bourgeoise.

9 L'humour dans *Victimes du devoir.*

10 Les éléments de l'angoisse.

11 Comparez *Victimes* à une autre pièce de Ionesco ou bien à une autre pièce du théâtre de l'absurde.

12 Comparez le texte d'«Une Victime du devoir» à celui de *Victimes du devoir* en relevant les analogies et les différences dans la présentation.

B *Pastiche (imitation):*
En imitant les techniques stylistiques de Ionesco et les pro-

cédés de son langage humoristique (dont quelques-uns sont suggérés dans la question no. 7 ci-dessus), racontez:

1 Une visite chez le psychiatre.
2 L'histoire de Cendrillon
3 Une conversation entre le président des Etats-Unis et un membre de son gouvernement.
4 Une interview avec un astronaute ou un savant éminent.

C Compte rendu autobiographique: Je suis une victime du devoir.

D Mise en scène:
Faites la distribution:

1 Décrivez en détail le comédien qui doit interpréter le rôle de Choubert. Faites une description physique de Choubert tel que vous l'envisagez.
Quel sera son timbre de voix?
Quelle sera sa démarche?
Décrivez ses tics, ses particularités individuelles.
Connaissez-vous un acteur de cinéma, de théâtre ou de télévision qui ferait un bon Choubert?

Faites le même genre d'analyse pour:

2 Madeleine
3 le policier
4 Nicolas d'Eu
5 la Dame inconnue

6 Décrivez en détail le décor et l'éclairage du spectacle.
Faites une maquette du décor.
7 Suggérez une musique convenable.
8 Présentez devant la classe une scène ou quelques pages de la pièce mises en scène. Par exemple: la dernière partie de la pièce, en commençant par l'entrée de Nicolas; la scène

«au théâtre»; ou l'ascension et la chute de Choubert.
Faites bien attention à l'agencement des entrées et des sorties des personnages. Essayez de rendre votre mise en scène intéressante par des indications de scène vivantes, pleines d'imagination, et dans l'esprit de Ionesco.

Petit lexique de termes de théâtre
>   **mise en scène** (f.)   production
>   **metteur en scène** (m.)   director
>   **comédien, -ne**   actor, actress
>   **vedette** (f.)   male *or* female star
>   **monter**   to produce, to stage
>   **représentation** (f.)   performance
>   **scène** (f.)   stage
>   **plateau** (m.)   stage
>   **côté jardin**   stage right
>   **côté cour**   stage left
>   **le lointain**   (le fond de la scène)   upstage
>   **éclairage** (m.)   lighting
>   **projecteur** (m.)   spotlight
>   **jeu d'orgue** (m.)   lighting system
>   **rideau** (m.)   curtain
>   **maquette** (f.)   sketch of stage design
>   **coulisses** (f. pl.)   wings of stage; backstage
>   **indications de scène** (f. pl.)   stage directions
>   **jeux de scène** (m. pl.)   stage business
>   **distribution** (f.)   casting
>   **répétition** (f.)   rehearsal
>   **mise en place** (f.)   blocking (placement and direction of the movements, entrances and exits of actors).
>   **la générale**   dress rehearsal
>   **le trac**   stage-fright
>   **toile de fond** (m.)   backdrop
>   **accessoires** (m. pl.)   props
>   **accessoiriste** (m.)   property man
>   **régisseur** (m.)   stage-manager

public (m.) audience
salle (f.) theater hall
bureau de location (m.) box office
entrée (f.) entrance
ouvreuse (f.) usherette
place (f.), **fauteuil** (m.) seat
sortie (f.) exit

Bibliography

Works by Eugène Ionesco

La Photo du Colonel. Paris: Gallimard, 1962.
Five short stories, later adapted into plays by Ionesco, a semi-fictional reverie ("La Vase"), and autobiographical notes ("Printemps 1939").

Théâtre. Paris: Gallimard, 1953–1966.
Vol. I: *La Cantatrice chauve, La Leçon, Jacques ou la soumission, Les Chaises, Victimes du devoir, Amédée ou comment s'en débarrasser* (1953).
Vol. II: *L'Impromptu de l'Alma, Tueur sans gages, Le Nouveau Locataire, L'Avenir est dans les oeufs, Le Maître, La Jeune Fille à marier* (1958).
Vol. III: *Rhinocéros, Le Piéton de l'air, Délire à deux, Le Tableau, Scène à quatre, Les Salutations, La Colère* (1963).
Vol. IV: *Le Roi se meurt, La Soif et la faim, La Lacune, Le Salon de l'automobile, L'Oeuf dur, Pour Préparer un oeuf dur, Le Jeune Homme à marier, Apprendre à marcher* (1966).

Notes et contre-notes. Paris: Gallimard, 1962.
Ionesco presents his ideas on theater and on some of his own works. This represents a decade (1951–1961) of articles and talks by Ionesco and includes photos of the author and his plays.

Journal en miettes. Paris: Mercure de France, 1967.
Memories, moods and metaphysics: the past and present alternate in a fragmented diary of dream and reality by Ionesco.

Présent passé, passé présent. Paris: Mercure de France, 1968.
More meditations on himself and the world in a clearer, more revealing look into Ionesco. This book includes some amusing stories for "children under three years of age."

Découvertes. Geneva: Albert Skira, 1969.
Thoughts on problems of literary creativity and the relationship between language and thought. Ionesco's musings are set, once again,
against the backdrop of his own emotion-laden memories. This is a
handsome edition, illustrated with Ionesco's own sketches.

Jeux de massacre. Paris: Gallimard, Le Manteau d'Arlequin, 1970.
One of Ionesco's blackest plays. A strange, fatal malady suddenly
overtakes a town and arbitrarily strikes down the inhabitants. Each
of a fragmented series of scenes ends in disaster. This play was performed with great success during the 1970–71 theatrical season in
Paris.

Macbett. Paris: Gallimard, Le Manteau d'Arlequin, 1972.
The playwright's latest: an adaptation of Shakespearean tragedy that
is pure Ionesco.

Selected Bibliography of Works on Eugène Ionesco

Books on Ionesco

Benmussa, Simone. *Eugène Ionesco.* Paris: Seghers, 1966.
Especially useful for information about the stage productions of
Ionesco's plays. A thorough chronology of his theater until 1966 is
followed by a comprehensive bibliography to that date.

Bonnefoy, Claude. *Entretiens avec Ionesco.* Paris: Pierre Belford, 1966.
A series of interviews in which Ionesco answers many questions
about himself and his theater.

Bradesco, Faust. *Le Monde étrange de Ionesco.* Paris: Promotion et
Edition, 1967.
A discussion of Ionesco's techniques particularly as they relate to
the psychology of the spectator.

Coe, Richard N. *Eugène Ionesco.* New York: Grove Press, 1961.
This scholarly text provides a background and an incisive analysis
of Ionesco's theater of the absurd.

Jacobsen, Josephine, and Mueller, William R. *Ionesco and Genet:
Playwrights of Silence.* New York: Hill and Wang, 1968.
The two contemporary authors are situated in the framework of the
absurd theater and discussed separately for the most part. Beckett's
theater is also considered, but more fleetingly.

Sénart, P. *Eugène Ionesco.* Paris: Classiques du 20e Siècle, Éditions
Universitaires, 1964.
A brief but serious study of the ideas and characteristics of Ionesco's
theater.

General works on contemporary theater that include sections on Ionesco

Dickinson, Hugh. *Myth on the Modern Stage.* Chicago: University of Illinois Press, 1969.

Esslin, Martin. *The Theatre of the Absurd.* New York: Anchor Books, 1961.

Fowlie, Wallace. *Dionysus in Paris.* New York: Meridian Books, 1960.

Grossvogel, David I. *Four Playwrights and a Postscript.* Ithaca, New York: Cornell University Press, 1962.

Guicharnaud, Jacques and June. *Modern French Theatre: from Giraudoux to Beckett.* New Haven: Yale University Press, 1967.

Wellwarth, George E. *The Theatre of Protest and Paradox.* New York: New York University Press, 1964.

Articles on Ionesco

Bonzon, Philippe. "Molière ou le complexe de Ionesco." *Perspectives du théâtre,* No. 2, February 1960, pp. 7–10.

Doubrovsky, Serge. "Ionesco and the Comedy of the Absurd." *Yale French Studies,* No. 23, Summer 1959, pp. 3–10; published under the title of "Le Rire d'Eugène Ionesco" in *La Nouvelle Revue Française,* February 1960, pp. 313–323.

Lamont, Rosette. "Air and Matter: Ionesco's 'Le Piéton de l'air" and 'Victimes du devoir.' " *The French Review,* Vol. 38, No. 3, January 1965, pp. 349–361.

Lécuyer, Maurice. "Le Langage dans le théâtre d'Eugène Ionesco." *Rice University Studies,* Vol. 51, No. 3, Summer 1965, pp. 33–49.

Lerminier, Georges, "Clés pour Ionesco." Paris, *Théâtre d'Aujourd'hui,* September–October 1957, pp. 3–5.

Vocabulary

aboutissement (m.) culmination

acariâtre shrill, bad-tempered, complaining

s'accrocher à to cling to

actuel, -le present, right now

adjudant (m.) company sergeant-major; warrant officer

affolé distracted, maddened

afin de in order to

agaçant teasing, irritating

agencement (m.) arrangement, grouping

s'agripper à to clutch at

agir to act; **il s'agit de** it is a question of, it is about, it concerns

ahuri bewildered

ahurissement (m.) amazement, confusion

aie subjunctive of *avoir*

aile (f.) wing

ailleurs elsewhere; **d'—** moreover, besides

ainsi thus; **— de suite** and so forth

s'allonger to stretch out

allure (f.) aspect, behavior

amateur (m.) fan

amonceler to stack up

amoncellement (m.) heaping up

angoisse (f.) anguish

apaisement (m.) appeasement, lull

s'apercevoir to notice

applaudir to applaud

apprenne subjunctive of *apprendre*, to learn; to teach

appuyer to base, to lean (on); **s'— sur** to lean on

arbitre (m.) arbiter, referee

archevêque (m.) archbishop

aspirer to aim at; to inhale

s'assombrir to grow dark

atroce horrible, atrocious

s'attarder to be late

atteindre to reach, attain

atteins present of *atteindre*

atterrer to floor, to stupefy

attrayant attractive, appealing

aucun not any

au-dessous underneath

autant as much; **— tout révéler** might as well reveal everything

avaler to swallow

avant-scène (m.) stage front

aveugle blind

aveugler to blind

aveuglette: à l'— blindly

avis (m.) opinion, advice

avoir beau to do in vain

ayant present participle of *avoir*

babiller to babble, prattle

baigner to bathe

baiser to kiss

baisser to lower

balancer to balance, to waver; **se — ** to rock, swing

balbutier to stammer
banlieue (f.) suburb
se basculer to teeter
béant gaping
beau: avoir — to do in vain
besogne (f.) task
bijou (m.) jewel
bistrot (m.) bar, night club
bonheur (m.) happiness
boucher to stop up, cork, stuff
boue (f.) mud
bouffée (f.) puff
bouger to move, budge
bouleversement (m.) disorder, upset
bourré crammed full
bracelet-montre (m.) wristwatch
brandir to brandish
bribes (f. pl.) scraps, bits
brièvement briefly
briller to shine
briser to break
broussaille (f.) underbrush; **en —** bushy, shaggy
bûcheron (m.) woodcutter

cabotin (m.) ham actor
cacahuète (f.) peanut
caillou (m.) pebble
calembour (m.) pun
canapé (m.) sofa
car because, for
carrément completely
carrière (f.) career
se casser to break
ceinture (f.) belt; waist
Cendrillon Cinderella
cependant however, nevertheless; during; **— que** while
châle (m.) shawl
chandail (m.) sweater
chauffage (m.) heating
chaussettes (f. pl.) socks
chêne (m.) oak
chiffonné rumpled
chiffre (m.) number
choir to fall

chou (m.) cabbage; **mon —** my little one (term of endearment)
chouette (f.) barn-owl
cil (m.) eyelash
cinquantaine (f.) about fifty; the fifties
circulation (f.) traffic
civil civil, civilian; **en —** in "civvies"
clairon (m.) trumpet
claque (f.) slap, smack
claquer (**des dents**) to chatter (teeth)
clarté (f.) clarity, light
clin d'œil (m.) wink
coin (m.) corner
col (m.) collar
colère (f.) anger
coller to stick, adhere
colonne (f.) column
comble (m.) peak; **de fond en —** totally
compère (m.) old pal
complet (m.) suit
comportement (m.) behavior
compte (m.) account; **tenir — de** take into account; **se rendre — de** to realize
compter to intend; to count; to count on
compte rendu (m.) report, summary
concierge (m. or f.) building superintendent
congestionné congested
constatation (f.) statement, verification
constater to observe, ascertain
contravention (f.) petty offense, notice, police ticket
par contre on the other hand, by contrast
contredire to contradict
contredise subjunctive of *contredire*
convaincu convinced
copain (m.) pal

corbeille à papiers (f.) wastepaper basket

corsage (m.) bodice

coulisses (f. pl.) wings (of theater)

coupable (m.) culprit; —, guilty

coup d'œil (m.) glance; **jeter un** —, to glance

coup de poing (m.) punch

au courant modern, up-to-date

coussin (m.) cushion

coutume (f.) custom; **de** —, as usual

cracher to spit

crainte (f.) fear

crapule (f.) scoundrel, extremely dishonest person

créer to create

crépuscule (m.) twilight

crier to shout, cry out

croiser to cross

croûte (f.) crust

culottes (f. pl.) pants

d'ailleurs moreover, besides

davantage more

débarquer to disembark

débarrasser to rid

déboire (m.) frustration, disappointment; **essuyer des** —s to suffer disappointments

débordant overwhelming

déboucher to emerge

debout standing; **se tenir** — to remain standing

déchirant heartrending

déchiré torn

déchirement (m.) a rip, a tear, a rent

déchirer to tear; to torture

déchirure (f.) a tear, a laceration

décolleté low-necked; (m.) low neckline

se découper to be outlined

découvrir to uncover; to discover

se défaire de to rid (oneself) of

défait undone, haggard; **traits** —s drawn features

défaut (m.) defect

défi (m.) challenge, dare

défunt (m.) dead person

défraîchi faded

dégoûté disgusted

au delà de beyond

déluré wide-awake, not shy

démarche (f.) walk, step; behavior

demeurer to remain; to live, inhabit

dénouement (m.) the end, unwinding of a story

déplier to unfold, open out

dépouillé stripped; robbed

déranger to disturb

dès from, since

désaffecté deconsecrated

désarroi (m.) confusion, distress

désastre (m.) disaster

déséquilibre (m.) unbalance

déséquilibré off balance

désespérer to despair, be hopeless

désespoir (m.) despair

dès que as soon as

détachement (m.) indifference, stoicism

se détromper to have one's eyes opened

détruit past participle of *détruire,* to destroy

se diriger to go; literally, to direct oneself

dissout third person present of *dissoudre,* to dissolve

divaguer to ramble on, talk wildly

dizaine (f.) about ten

se donner en spectacle to present oneself on stage; to make a fool of oneself

douanier (m.) customs inspector

doucereux, -euse sweetish, fawning

douloureux, -euse painful, mournful, sad

doux gentle, soft; sweet

droit (m.) right; law

dur hard; — **d'oreille** hard of hearing

durement with difficulty
durer to last, endure

eau-de-vie (f.) brandy
écarquiller (les yeux) to open wide (one's eyes)
écart: à l' — to the side, out of the way
s'écarter to move out of the way
échec (m.) failure, setback
éclair (m.) lightning flash
éclairage (m.) lighting (of a stage)
éclairer to light up; to enlighten
écorce (f.) bark (of a tree)
écorché flayed, chafed, scratched up
s'écrouler to collapse
effacer to erase
s'effondrer to break down
effrayer to frighten
égal equal; **cela m'est** — it's all the same to me
s'égarer to go off the track, to get distracted
égoïsme (m.) selfishness
s'élancer to soar, to throw oneself (into the air)
élevé brought up, raised
éloigner distant, remote
embarras (m.) hindrance; embarrassing situation
embêter to bother
embouteillé stuck
s'embraser to flare up
emmener to lead away
empêcher to prevent
empoisonner to poison
emporté passionate; carried away by emotion
s'empresser to hurry
ému emotionally moved
encadré framed
enchaînement (m.) chain
énerver to upset, irritate
enfantin childish
enflé swollen
enfoncer to shove in; **s'**— to plunge deeper

s'enfouir to bury; to hide
s'enfuir to flee
englouti engulfed, swallowed
enlacer to embrace
enlever to take off
ennuyeux, -euse annoying
enquête (f.) investigation
enregistré recorded
ensanglanté bloody
entourer to surround
entrouvrir to open halfway
envahir to invade
envie (f.) desire; **avoir** — **de** to want
environner to surround
s'envoler to fly away
épais, -se thick
épaisseur (f.) thickness
épine (f.) thorn
éponge (f.) sponge
époux (m.) husband; (m. pl.) married couple
errer to wander
escalader to climb over, to scale
escalier (m.) staircase
escarpé steep
essuyer to wipe; to undergo; — **des déboires** to suffer disappointments
estimer to esteem
estrade (f.) platform, stage
s'éteigne subjunctive of *s'éteindre*
s'éteindre to become dim, to go out
s'éteint third person present of *s'éteindre*
étendre to extend, stretch
étincelle (f.) spark
étoile (f.) star
étouffé muffled
étouffer to choke, smother
être (m.) being
étreinte (f.) hug
étui (m.) case; — **en nacre** mother-of-pearl cigarette case
évoluer to evolve
évoquer to evoke, call forth
exécrer to abhor, detest

expérimenté tried
exprimer to express

faiblesse (f.) weakness
failli past participle of *faillir;* with infinitive: almost; **j'ai — tomber** I almost fell
faillite (f.) bankruptcy; **faire —** to go bankrupt
faire: s'en — to worry, bother; **— de son mieux** to do one's best
fait divers (m.) news item
fausse f. of *faux,* false
faute (f.) fault, mistake
fauteuil (m.) armchair
féliciter to congratulate
féroce ferocious
feuillage (m.) foliage
se ficher de not to give a darn about
ficher le camp to scram, get the hell out, "split"
fier, -ère proud
se fier à to trust (in)
figure (f.): **prendre — de** to come to resemble
filial filial; between parent and child
fit *passé simple* of *faire*
fixer to stare at
flacon (m.) decanter, flacon
flamber to flame
fléchir to bend
fleurissant present participle of *fleurir,* to flourish, flower
fois (f.) time; **à la —** at the same time
folle (f.) of *fou,* crazy
fonctionnaire (m.) government official
fond (m.) bottom; back part; **dans le —** basically
fondateur (m.) founder
fondre en larmes to burst into tears
forcément necessarily
fortement strongly, forcefully
fournaise (f.) furnace
fourrer to stuff, shove

fourrier (m.) quartermaster-sergeant
fraîcheur (f.) coolness
frayeur (f.) fear
fripé crumpled
frissonner to shiver
froisser to crumple
frôler to brush against
fumisterie (f.) sham, charlatanism
fus *passé simple* of *être*

gambade (f.) antics
gambader to frolic, gambol
gare à beware of
géant giant
geignant present participle of *geindre*
geindre to groan, moan
gémir to moan
gémissement (m.) moan
gencives (f. pl.) gums of the mouth
gendre (m.) son-in-law
gêner to bother
génial ingenious
gesticuler to gesticulate, to gesture
glapissant yelping
glisser to slip, slide
gonflé swollen
gorge (f.) throat
goût (m.) taste
grâce à thanks to
grandissant present participle of *grandir,* to grow taller
griller to broil
grimper to climb, to clamber up
grognement (m.) grumbling, growling, muttering
grossier, -ère vulgar
ne ... guère hardly
guérir to cure

haine (f.) hate
haïr to hate
haïssais imperfect of *haïr*
se hâter de to be in a hurry to; to hasten to
hautement loudly, boldly

haut-le-cœur (m.) urge to vomit, heave

heure (f.) hour; **tout à l'—** a short while ago; shortly

hirsute hairy, hirsute

honte (f.) shame; **avoir — de** to be ashamed of

hors outside; **— d'elle** beside herself

hôte (m.) guest; host

hurler to howl, shriek, scream

ignoble base, ignoble

impatienter to make impatient; to provoke

impressionnant present participle of *impressionner;* impressive

impressionner to impress; to move emotionally

impuissant helpless, impotent

inavouable shameful

informe shapeless; (m.) formlessness

ingrat ungrateful; (m.) ungrateful one

innombrable numerous

inonder to flood, inundate

inscrire to sign, inscribe; **s'—** to enroll, register, sign up

insensé mad; wild

inspirer to inhale; to inspire

intervenir to intervene

inutile useless

ivrogne (m.) drunkard

jaillissant gushing

jérémiade (f.) jeremiad, persistent lament

jeter un coup d'œil to glance

jeu (m.) game; stage effects; actor's performance

jeux d'eaux (m. pl.) ornamental fountains

joignit *passé simple* of *joindre*

joindre to join

joint past participle of *joindre*

jouet (m.) toy

juge (m.) judge

juger to judge

jumelles (f. pl.) binoculars, opera glasses

jurer to swear, take an oath

jusqu'à until

lacet (m.) shoelace

lâcher to let go of

là-dedans inside, in there

là-dessus up there; **d'accord —** in agreement about it

langoureux, -se pining, languid, drooping

langue (f.) tongue; language

larme (f). tear; **fondre en —s** to burst into tears

léger, -ère light, lightweight

légèrement lightly, softly

lest (m.) balloon ballast

lèvre (f.) lip

lien (m.) bond

lier to tie up, bind

lieu (m.) place; **— commun** complace, trite saying, cliché

locataire (m.) tenant

loin distant, far

lointain remote, far

le long de the length of, along

longer to walk along; to skirt

lorsque when

lubrique lewd

lucarne (f.) dormer window, skylight

mâchoire (f.) jaw

maladroit clumsy

malgré in spite of

malheur (m.) unhappiness; misfortune

manche (f.) sleeve

manège (m.) maneuver

maniement (m.) handling, manipulating

maquette (f.) mock-up, model; preliminary sketch

marche (f.) step, stair

marron chestnut-brown
mastication (f.) chewing
mastiquer to chew
matricule (f.) serial number
mécontent unhappy, discontent
mêlé mixed in
menaçant present participle of *menacer,* to threaten
mendiante (f.) beggar-woman
menteur (m.) liar
mentir to lie
menton (m.) chin
mépris (m.) disdain
mépriser to disdain
merveille (f.): **à —** perfectly well
metteur en scène (m.) director (theatrical)
se mettre à to begin
meurtri bruised
faire de son mieux to do one's best
mignon, -ne cute
milliard (m.) billion
mimer to mime, act out
s'est mis _passé composé_ of *se mettre; —* **à genoux** went down on his knees
moins less; **de — en —** less and less
à moitié by half, halfway
montre-bracelet (f.) wristwatch
mordre to bite
morveux (m.) snotty upstart
mou soft, feeble
se moudre to be ground
mouillé wet
moulin (m.): **— à café** coffee mill
muet, -te mute

nacre (m.) mother-of-pearl
naquis _passé simple_ of *naître,* to be born
natal native; **ville —e** native city, birthplace
navré terribly sorry
néant (m.) nothingness
ne . . . guère hardly
ne . . . que only

neutre neutral
nier to deny
nigaud (m.) idiot
n'importe quel no matter which, any
niveau (m.) level
de nouveau again
noyade (f.) drowning
nul, -le not any
nullement not at all, in no way
nuque (f.) nape of the neck

obéissance (f.) obedience
obscure dark
obséder to obsess
obstrué obstructed
s'occuper de to take care of
ombre (f.) shadow
or (m.) gold
ordonner to order
oser to dare
ôter to remove
outré overstated, overdone

paix (f.) peace
palais (m.) palace; palate
palier (m.) landing, doorstep
pan (m.) panel, section
pantelant panting, breathless
Pape (m.) Pope
papillon (m.) butterfly
parapluie (m.) umbrella
par contre on the other hand; by contrast
parcourir to skim, go over
pardessus (m.) overcoat
pareil similar
paresseux, -se lazy
parmis among
partager to share
parvenu risen, arrived
pas (m.) step; **le — de la porte** doorstep
de passage passing through, travelling
se passer to happen; **il ne se passe jamais rien** nothing ever happens

se passer de   to do without
passerelle (f.)   footbridge
passionner   to intrigue, fascinate
patte (f.)   animal's foot, paw
pauvreté (f.)   poverty
peau (f.)   skin
à peine   hardly, just barely
pénible   painful
pénombre (f.)   semi-obscurity, penumbra
percer   to pierce
périssaient   imperfect of *périr,* to perish
peuplade (f.)   small tribe
pic (m.)   mountain peak
pierre (f.)   stone; **faire d'une — deux coups**   to kill two birds with one stone
piquer   to sting, prick: **se — du nez**   to droop with sleep
piste (f.)   path, way, course
plaigne   subjunctive of *plaindre*
plaindre   to pity; **se —**   to complain
plaisanter   to jest
plancher (m.)   floor
plat   flat
plateau (m.)   stage
plein   full; **en — cœur**   right in the middle of the heart
plénitude (f.)   fullness
pleurnicher   to whine, snivel
plier   to bend: to fold
plus   more; **de — en —**   more and more
plutôt   rather
poing (m.)   fist; **coup de —**   punch
poitrine (f.)   chest
policier, -ère   concerning the police; **roman —**   detective story
politique (f.)   policy, politics
poupée (f.)   doll
pourtant   nevertheless, however, yet
poussin (m.)   little chick
pouvoir   to be able; **je n'en peux plus**   I can't (do it, take it) anymore

préalablement   previously
précipiter   to hurry; to hurl down; to bring on, bring about
préconiser   to advocate, recommend
presser   to urge; **se —**   to hurry
prêter   to lend; **— attention à**   to pay attention to
primevère (f.)   primrose
printanier, -ère   of springtime, springlike
procédé (m.)   technique, process
profondeur (f.)   depth
projeter   to plan, to project
en provenance de   originating from
provisoire   temporary, provisional
pudeur (f.)   modesty
puisque   since, because
puissant   powerful
puisse   subjunctive of *pouvoir,* to be able

quand même   still; in spite of it all
quant à   as for
quotidien, -ne   everyday

raccommoder   to repair
racheter   to justify, compensate for
rafraîchir   to refresh, cool
raide   stiff
rajeunir   to make young again, rejuvenate
ramasser   to pick up, gather
rampe (f.)   bannister
rancune (f.)   grudge, rancor
par rapport à   in relation to
se rapprocher   to get closer, approach
se raser   to shave (oneself)
se rassoit   third person singular of *se rasseoir,* to sit down again
ravaler   to swallow again
ravin (m.)   ravine, ditch
rayer   to blot out
se réaliser   to fulfill oneself, realize one's potential
réapparaître   to reappear
réapparition (f.)   reappearance

réchauffer to get warm
réciproquement reciprocally
reconnaissant grateful
à reculons going backwards
se redresser to straighten up, to sit or stand straighter
réfléchir to reflect
regarder to look at; **ça ne te regarde pas,** that doesn't concern you
règlement (m.) regulation
régler to regulate
relever to pick out
remédier à to cure, remedy
remercier to thank
remords (m.) remorse, regret
remplir to fill
remuer to stir up
renard (m.) fox
se rendre compte to realize, to understand
renier to repudiate
renoncement (m.) renunciation
renoncer à to renounce
renouvellement (m.) renewal
renseignement (m.) information
replier to close up
réplique (f.) reply, speech (in a play)
réprobation (f.) disapproval, reprimand
ressaisissant retaking, regaining
ressentir to feel; to resent
retenir to keep, reserve; to hold back
retirer to withdraw, remove
retrousser to push up
réveil (m.) awakening
rez-de-chaussée (m.) first floor, ground floor
ride (f.) wrinkle
rideau (m.) curtain
rire au nez to laugh in someone's face
risible funny, laughable
river to rivet
rocher (m.) rock

ronce (f.) bramble
roseau (m.) reed
rougir to blush
rugueux, -se rough
ruisseler to stream down
rusé sly, cunning

sabot (m.) wooden shoe
sadiquement sadistically
saigner to bleed
sain healthy
salaud (m.) rotten bum, bastard
saleté (f.) filth
de salon worldly
salut greetings!
sang (m.) blood
sanglot (m.) sob
sangloter to sob
saugrenu bizarre
sauter to jump; **faire —** to blow up, explode
sautiller to jump up and down
savant (m.) scientist, learned person
scène (f.) stage; scene
scruter to scrutinize
secoué shaken
secouer to shake
secours (m.) aid; **au —!** help!
selon according to
faire semblant de to pretend
semelle (f.) shoe-sole
sensible sensitive
sentier (m.) path
sentir to feel; to smell
sergent de ville (m.) policeman
serrer to be tight, to squeeze
sert third person present of *servir,* to serve; **à quoi — . . . ?** what use is . . . ? **il ne — à rien** it (he) is not useful for anything
serviette (f.) briefcase
siècle (m.) century
siège (m.) seat
siffler to whistle; to hiss
signalement (m.) detailed description

sombre   dark

sombrer   to founder, to sink, to be engulfed; to fail

somnambulique   somnambulistic, sleep-walking

sort (m.)   fate

sot, -te   stupid, silly

sottise (f.)   stupid remark

soudain   sudden; suddenly

souffle (m.)   breath

soufflet (m.)   slap

soulever   to raise, lift

soulagement (m.)   relief

soupirer   to sigh

source (f.)   spring, source; origin

sourd   deaf

sournois   sly, shifty

sournoisement   slyly

soutenu   supported, backed up

soyons   subjunctive of *être;* let's be; that we be

stupéfait   stunned, stupefied

sucré   sweet

suer   to sweat

sueur (f.)   sweat

suffire   to be enough, to suffice

suffisamment   sufficiently, enough

suis   imperative of *suivre,* to follow

supplier   to beg

supporter   to stand, bear

suralimenter   to feed up; to over-feed

surgir   to appear, rise up

sursaut (m.)   nervous start, jump

surveillant (m.)   supervisor; present participle of *surveiller*

surveiller   to keep watch over

tâche (f.)   task

tâcher   to try, attempt, strive

tandis que   while

tant   so much; **— que** while, as long as

tantôt . . . tantôt   sometimes . . . sometimes; now . . . then

tâtonner   to feel about, touch

tel, -le   such; **— que** like, such as

tellement   so; so much

témoin (m.)   witness

tendre   to offer

ténèbres (f. pl.)   darkness

tenir compte de   to take into account

terre à terre   common, vulgar

le tien   pronoun: yours, the one belonging to you

timbre (m.)   tone of voice

tirer   to pull; to shoot

titre (m.)   title; **à —** **posthume** posthumously

tombeau (m.)   tomb

torchon (m.)   dish cloth, rag

tordant   present participle of *tordre,* to twist, to wring

tordu   past participle of *tordre*

toupet (m.)   nerve

tourner   to turn; **— toujours en ridicule**   to ridicule constantly

tournoyer   to turn around, spin around

toussoter   to cough, to clear one's throat, to say "ahem"

tout   adjective: all; adverb: quite; **— neuf**   quite new*;* **— à coup** suddenly; **— à fait**   entirely; **— à l'heure**   in a few minutes; just now; **— au plus**   at the most; **— de même**   all the same, anyway; **— en**   while

toutefois   however

trahir   to betray

trait (m.)   feature of a face

transpirer   to sweat

à travers   across

tremper   to soak, dunk

trésor (m.)   treasure

tricher   to cheat; to trick

trottoir (m.)   sidewalk

trou (m.)   hole

s'est tu   *passé composé* of *se taire* to quiet, become quiet

vague (f.)   wave

vaguement   vaguely

se vanter de to brag about, to be proud of

vaux first person present of *valoir,* to be worth; **je ne — pas mieux que toi** I am worth no more than you, I'm no better than you

vénérien, -ne venereal

venger to avenge

vengeur (m.) avenger

venue (f.) arrival

vers toward

verser to pour

vertige (m.) dizziness, vertigo

vétérinaire (m.) veterinarian

vêtu past participle of *vêtir,* to dress

veuillez subjunctive and formal imperative of *vouloir,* to want; please, kindly; **— donc vous asseoir** please do sit down

vide (m.) vacuum

vieillard (m.) old man

vieillir to grow old

vif, -ve lively

vitré glass; **porte —e** glass door

voie (f.) road, way **sur la bonne —** on the right track

voïvode (m.) Turkish governor

voler to fly

volet (m.) shutter

volonté (f.) will; **mauvaise —** ill-will, uncooperativeness

volontiers willingly

en vouloir à to be angry with, to hold a grudge against

se voûter to hunch over

vraisemblablement probably, very likely